藍小說 947

村上朝日堂反擊

村上春樹

安西水丸 繪圖

賴明珠 譯

目錄

自由業的問題點

說到自由業，在都會裡往往有被視爲某種華麗業種的傾向，一個大男人從大白天就遊手好閒地閒逛著，也不太會被人投以異樣的眼光，不過對於像我這樣從都會脫落出來——或者該說抱怨都會房租太高——而在郊外中小城市輾轉移動的人來說，卻自有許多辛苦的地方。

首先第一點是，別人不能理解所謂「自由業」這個概念。尤其最討厭的是獎金季節的銀行。什麼地方討厭呢？沒有比這更討厭的了。坐在椅子上等窗口辦手續時，一定就有銀行的人走過來問：「先生您的獎金是不是已經決定做什麼用途了？」這種東西不可能決定，所以回答：「沒有，」時，就從「那麼，要不要先做這個定期存款等等」開始，我說：「我，沒有獎金。」對方一定會以「什麼？」的空洞眼神看我。如果讓我比喻的話，就像在望著路邊被風吹雨淋快腐朽倒塌的廢屋的眼神。

這時有人會說「對不起」就退下。那也就沒事了。偏偏有一半還不退下。

我到銀行去大多是在早晨九點或十點左右比較空的時刻，對方也比較空閒。

「嗯，對不起，您是從事什麼職業的？」大多會這樣問。

「自由業。」我說，銀行的人臉上表情還是不太明白的樣子。也有人問：「您是木工嗎？」這個嘛，確實自己穿著慢跑褲、塑膠拖鞋、戴著太陽眼鏡到銀行來總是不太妙吧，可也不必一下就從自由業↓木工這樣極端跳躍的想法吧？何況木工是自由業嗎？

沒辦法才說：「嗯，是文筆業。」也有人問：「啊，是嗎？您在從事土地分筆的嗎？」這也莫名其妙。確實以銀行行員的發想方式來說好像算合理，不過世間難道有所謂「分筆業」這樣的行業嗎？我查了一下職業別電話簿，並沒有這種職業。也沒有「分泌業」，或「閒櫃業」。所謂 bunpitsugyou 一定就是「文筆業」。

不過因爲麻煩就改說是「著述業」，對方大多也就明白了。「那如果得到直木賞的話請把大筆獎金存到我們銀行噢，哈哈哈。」說完就走了。這種人大概是什麼樣的神經呢？我想可能是很親切地在鼓勵我吧，但對我來說卻開始想哼誰要來你們這裡存什麼款。

不過這還算是好的，糟糕的時候，有時說過「著述業」了，對方還無法

理解。「是嗎，著述業嗎？」這樣說，我以爲總算明白了，卻又接著說：「那麼等您畢業以後功成名就領到獎金時，請務必存到本銀行來。」眞洩氣。逮到一個三十六歲的男人還說什麼畢業不畢業的？不過銀行也有銀行獨特的價值觀，和理解世界的方式吧。這我不太清楚。不管怎麼樣最好盡量不要接近獎金季節的銀行。從來沒有遇過一次好事。

不過在同一家銀行往來兩三年之後，對方也記得我的臉了，獎金季節到了誰也不會再走過來（因爲沒有用）。所謂石頭上坐三年也會溫暖起來，累積經驗是很寶貴的。我到去年爲止來往了三年的協和銀行習志野分行的人，據說讀了我的小說寫了讀後感，在銀行內比賽中得了獎。雖說同樣是銀行但其中一定也有各種人吧。不過因爲我是一個搬家狂，所以每搬一次家，就會被各地銀行的人問到好幾次：「對不起，請問您的職業是？」實在眞累。

老實說郊外住宅城市就像是上班族的巢穴一般，所以過了早晨九點以後，成年男人的身影只有郵差和蔬菜店的老闆，此外完全看不到，只剩下主婦和兒童。在那樣的地方閒逛散步走進遊樂場，或拿著鍋子去買豆腐，附近的眼光都不會太友善。去超市買東西，在收銀台前，被排在前後買了大箱折價衛生棉的太太瞪眼：「什麼嘛，眞討厭，大白天這種地方竟然有男人，」就完了。自由業也有很多辛苦的地方。如果無論如何都想做自由業的人，還是住在東京的港區一帶比較妥當。

㊐遲遊戲

目前坊間正在流行的精神分裂＝偏執狂，貧窮＝有錢等各種區別——據說就是歧視語——這並不限於日本。在美國歷來也有像hip（機靈）對square（死板），cool對不cool等很多區別。如果要追尋這類遊戲的趣味所在，依我看是隱藏於，把這種區別列表當成玩笑來接受的人，和認眞接受的人之間意識的落差。

在美國有一本名叫*Interview*（採訪）的雜誌，在業界相當有名。發行人是安迪・沃荷，廣告多得不得了。這本雜誌尺寸太大，我每次都爲了要放在哪裡收藏而大傷腦筋，不過那和這無關。

前幾天我讀這本*Interview*時，看到一個叫「現在，什麼最帥」的專欄，相當有意思。把世間很多事情依「落伍」（OUTSKI）和「進步」（INSVILLE）來分。如果借用渡邊和博氏的選擇區分系統的話，就變成㊐和㊙了。因爲那是美國風俗的最尖端，因此有些不太明白的項目，我光把明白的表列出來看看。

上面是㊀早下面是㊀遲。

大麻→阿斯匹靈

會上癮的迷幻藥→戀情

紐約洋基隊→紐約大都會隊

《浮華世界》雜誌→《大西洋月刊》

雷鬼音樂→meringue（好懷念啊）

cool→敏感（responsive）

俱樂部→餐廳

日本調→泰國調

英國→德國

慢跑→團體運動

印第安瓊斯的軟帽→棒球帽

棕櫚海灘→邁阿密海灘（理由不明）

舞蹈→歌劇

諾曼．梅勒（Norman Mailer）→高爾．維多（Gore Vidal）

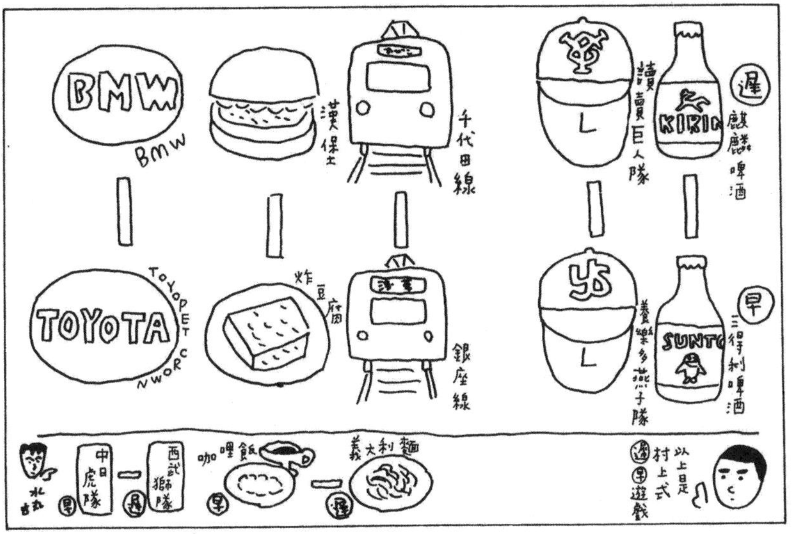

搖滾音樂會→外百老匯

《紐約時報》→《華爾街日報》

減肥→美食

勞力士→Swatch（瑞士製便宜錶）

……差不多是這樣。其中有些讓人覺得有道理，有些讓人覺得什麼玩意兒。不要大麻或古柯鹼而要阿斯匹靈，沉醉在古典愛的故事，讀《華爾街日報》（相當於《日經新聞》），聽歌劇，爲紐約大都會棒球加油，這似乎是現在紐約先進的(早)派人士的姿態。

不過話雖如此，到昨天爲止還去迪斯可舞廳跳舞的人，今天眞的就會去大都會歌劇院看《魔笛》，到昨天爲止還每天早晨慢跑十公里的人，今天忽然就去加入水球團體嗎？這種事不太可能。就算被稱爲㊣遲派，喜歡的就是喜歡，被稱爲㊣早派也好，討厭的事還是討厭，這才是正常人的生活。何況這種表就像天上的雲一樣，每次抬頭看時，可能形狀又變了。

雖然如此，就像剛開始也寫過的那樣，把這當遊戲倒相當有趣。例如我一面喝三得利啤酒一面爲養樂多燕子隊加油，我也可以隨自己高興做成自己的表。

麒麟啤酒→三得利啤酒

讀賣巨人隊→養樂多燕子隊

……這樣。

千代田線→銀座線

香菇→蕈菜

漢堡→油炸豆腐

BMW→TOYOPET CROWN

要多少都可以繼續寫下去。這表沒什麼特別根據。只是想到什麼就寫出來。我喜歡銀座線進站前電燈會忽然熄滅一下的地方，覺得蕁菜比香菇美味。我認識一位相當漂亮的美女就是開TOYOPET CROWN車的，我們家附近的「小野豆腐店」的油豆腐相當棒。只是這樣而已。不過像這樣確實寫成表時，看起來開始覺得自己好像也過著相當先進的生活似的，真不可思議。一開始做起來似乎會上癮。大家不妨全都自己來做這樣的表。「什麼，你還在吃炸蝦飯嗎？以後是炸牡蠣飯的時代了。」或「文字處理機？好土。現在用蜻蜓牌鉛筆才最帥。」像這樣開始洋洋得意充滿自信地生活，好像很有趣的樣子。

說了麒麟啤酒的壞話，不過後來出的青標啤酒我還滿喜歡的。喜歡麒麟啤酒的人，對不起。不過，說得極端一點，也有一點覺得只要會冒泡就行了。

交通罷工

我這樣發言的話，或許搭電車通勤的人會感覺不愉快，不過我要明明白白地說，我喜歡「交通罷工」。

話雖這麼說，並不是因爲我支持跟大眾運輸相關的勞工，或喜歡社會混亂（雖然我也喜歡社會有一點亂），只是單純喜歡有「跟平常不一樣的事情」。車站關閉靜悄悄的，從山手線陸橋上往下俯瞰底下的鐵路三十分鐘，也沒有一輛列車通過，我就會高興得心怦怦跳。

再試著稍微詳細一點分析看看，在同樣是「跟平常不一樣的事情」中，我與其喜歡平常什麼都沒有的地方忽然有了什麼，不如比較喜歡平常有什麼的地方忽然變成什麼都沒有了，這種負面狀況．欠缺狀況。所以交通罷工恰好符合我的喜好。如果有反交通罷工這回事，而且據說那天列車加班數量比平常增加三倍，那種非日常性，我想可能不太會吸引我。

以前還在開店那段期間，遇到交通罷工時，就幾乎沒有客人上門，營業大

受影響，雖然如此我個人當時依然最喜歡罷工。雖然沒有進帳會難過，可是因爲是罷工所以沒辦法啊——於是這種日子就趕快把門關起來，在空蕩無人的東京街頭悠閒地盡情散步。從原宿走到澀谷，從代代木走到新宿，整個街上到處散發著「今天休假」的悠閒氣氛，既安靜人又少，非常快樂。有點像「放學後」的感覺。走路速度也比平常稍微悠閒一點。「噢，櫸樹的芽也冒出不少了，」平常不太注意到的地方，視線也會忽然轉過去。中午過後交涉有了結果，電車開始動起來時，反而非常失望。

報紙上雖然常常會刊出例如：「罷工好厭煩，希望有人來想辦法阻止，」上班族先生（三十八歲）投書，或「罷工的日子生意做不成快沒飯吃了，」賣熱騰騰便當的人（四十五歲）投書。但世間難道眞的只由這些人組成嗎？當然因爲罷工而受到連累的人某種程度應該有，不過大多的人可能認爲「罷工？偶爾來一下也沒關係吧？」像我這樣斷言「最喜歡罷工」的人，應該也有很多才對。不過報紙上卻不太會刊登這方面的意見。爲什麼呢？

「我喜歡罷工。希望延長一點。」也許登出這樣的意見，報社會很難收拾。嗯，確實可能很難收拾。而且如果一開始問這樣的意見下去的話，可能會不得不進一步追出像「我喜歡颱風」或「重要人物被暗殺眞愉快」之類的意見。不過所謂勞工的罷工權（國鐵問題暫且不提）總是受到法律保障的，所以就算有人主張「我喜歡罷工」也絕對沒有違反倫理才對。這和支持颱風和支持暗殺要人是兩回事。

以前我們曾經住過國鐵中央線的鐵路旁邊。而且那還不是有一點或稍微的旁邊而已，而是要說電車就通過後院也不誇張的那種程度的旁邊。當然非常吵，因此房租很便宜。只要房租便宜的話吵一點也沒關係，是這種人住的房子。

所以我們（也就是我和我太太）每年交通罷工的時候就非常快樂。開始罷工，列車不在鐵道上跑的時候，我們就在鐵軌旁躺下來悠閒地曬太陽。鐵軌旁邊長有各種野草，開著顏色鮮豔的花。頭上雲雀啼叫著，週遭就像諾亞方舟洪水退掉之後那樣安靜。甚至感覺就那樣回到新石器時代去也不錯的地步。

上次罷工預定日的前一夜在街上逛時，偶然遇見認識的女孩。於是問她：「咦，這麼晚了在做什麼？」，回答：「因爲明天罷工，所以公司幫我們訂了飯店，」於是我說：「那我們現在去什麼地方喝一杯吧，」這也相當愉快。說不定有人利用這樣的機會，耽溺於辦公室戀情，這種人對罷工的個人觀感當然也不會登在報紙上。

關西腔

我生在關西長在關西。父親是京都和尚的兒子，母親是大阪船場商家的女兒，可以說是百分之百關西種。所以以前當然說的是關西腔。除此之外的語言說起來就是異端了，使用標準語的人沒什麼好東西——受到這種相當國家主義的教育。投手支持村山，吃東西要淡口味，大學要讀京都大學，吃鰻魚要吃鰻•飯•的世界。

不過不知道為什麼卻進了早稻田（連早稻田大學是什麼樣的大學幾乎都不知道。如果知道是那樣骯髒的地方大概不會去讀），雖然來到了不是很想來的東京，不過來到東京最驚訝的是，在一星期之間我說的話完全變成標準語——或，也就是東京腔了——。對我來說，這種話以前從來沒說過，也沒有刻意要改，然而一留神時已經改掉了。一留神時，已經變成「妳這樣說，我也不懂啊。」

同一個時候到東京來的關西朋友們責備我說：「你怎麼了嘛，好好兒說關

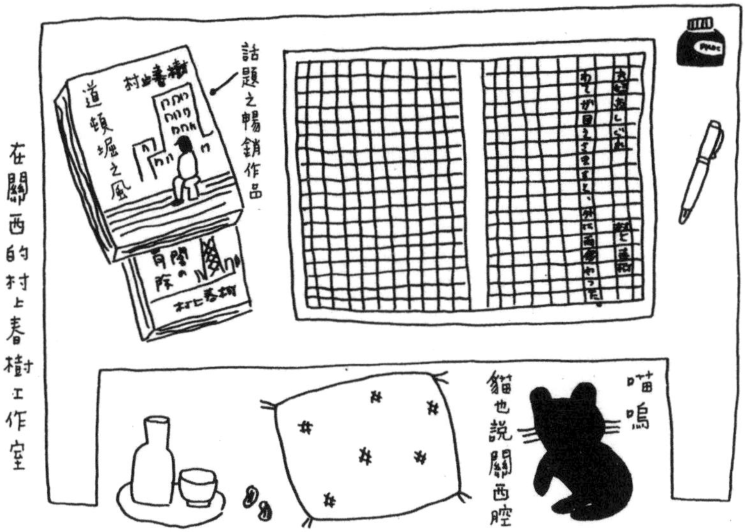

西腔啊。別說這阿呆的話。」已經改掉的東西也沒辦法了。

我覺得語言這東西就像空氣一樣。到那個地方就有那個地方的空氣，有適合那空氣的語言，很難抗拒。首先改變音調的高低，然後改變詞彙。如果順序顛倒過來，就很難順利掌控語言。因爲詞彙是理性的東西，音調是感性的東西。

所以我回到關西時還是說關西腔。在新幹線的神戶站一下車的瞬間就立刻恢復關西腔了。這麼一來這下反倒說不出標準語了。朋友好像說：「你的關西腔有一點怪喲，」因爲才剛剛到所以沒辦法。如果住個一星期的話，我想就可以恢復成完全的關西腔了。

我太太是三代以上都一直住在東京山手線圈內的（據說是這樣），她到關西暫住一陣子之後，也立刻就習慣關西腔了。向人問路會說：「對不起，要去這兒的話，該怎麼走比較好呢？」別人的事不能說什麼，不過站在旁邊看著卻覺得眞可怕。我們一起去看了市川崑導演的《細雪》之後，有一陣子講話還用關西腔，音調一時還調不回來，眞傷腦筋。

每次看以關西為舞台的電影時，會發現有些演員很擅長學習方言，有些卻不擅長，聽起來很有趣。擅長的人就像吸進空氣般立刻學會掌握音調，不擅長的人則過分依賴詞彙，一聽就知道高下。這可能是天性吧。以最近的例子來說，《細雪》的語言方面算是勉強及格，《道頓堀川》卻很糟糕。以前的電影《夫婦善哉》就用漂亮的關西腔演出。不過這種差別只有當地人才知道。栃木的人看了《遠雷》，會說那不是栃木腔，但我卻完全聽不出來。

學習外國語，大致上也和這一樣。在日本不管怎麼學英語會話，實際到外國去時，卻發現所謂語言這東西和所學的是在相當不同的位置上成立的。我也在做翻譯，讀英文沒什麼困難，卻不擅長會話，去年第一次到美國去以前幾乎從來沒說過一句英語。我看了學校的ＥＳＳ（English Speaking Society，英語會話社）和外面的英語會話教室大家用英語討論的樣子就覺得心寒——這當然是偏見，對不起——實在不想去上什麼英語會話課。

不過心想住個一星期之後就會習慣的，於是就去了，到那裡一看果然有那裡的空氣，並沒有感覺太不方便地住了一個半月，也採訪了很多作家。這種事情我想還是適應的問題。所以回到日本以後，又變回不太會說英語了。

回來說關西腔，我覺得好像很難在關西寫小說。因爲人在關西無論如何都會用關西腔思考事情。關西腔有所謂關西腔獨特的思考模式，一旦陷入那模式之後，所寫的文章，不管在質感、節奏、或發想方式上，都會和在東京所寫的，有所不同，甚至連小說風格都會完全改掉。如果我一直住在關西寫小說的話，我想我可能會寫出和現在相當不同的小說。如果有人說那樣也許更好，我會很難過。

電影院

長篇小說的工作終於完成，校對也結束，接下來就只有等出版了——這前後對我來說是最輕鬆，也最平穩的時期。想寫的東西算是都寫完了，暫時還沒有什麼該做的事——話雖這麼說，有時也會爲了生活而寫一些像這樣的稿子——每天就恍惚地浴著春光和貓一起在簷廊曬太陽。我的個性是在自己寫的東西終於印成活字在世間出版以前，無論如何都無法開始動手寫下一本小說，因此不管怎麼樣總有幾個月都在遊手好閒地過日子。

在這種半眞空狀態的輕鬆時期，我大多會一口氣看很多電影。最近出租錄影帶增加了，我常常去光顧出租店，但這種閒暇時期，還是搭電車到電影院去，在黑暗中盯著銀幕看，看完經過啤酒館喝一杯才回家更棒。在電影院看的話，不會被太太用手戳著說：「嘿嘿，你看那個黛安．基頓穿的裙子不錯吧？」也不會說：「嘿，倒帶一下好嗎？剛才那個立燈好像很貴。」立燈怎麼樣都無所謂吧！

今年春天也因爲這樣而看了很多電影。看了《沙丘魔堡》，看了《2010年》，看了《魔鬼終結者》和《女鼓手》，看了《The Never Ending Story》（爲什麼片名沒有日文翻譯呢？），看了兩次《阿瑪迪斯》，看了《墜入情網》和《月落婦人心》，看了《小子難纏》，到二輪電影院找到以前忙的時候錯過的《替身》和《天狐入侵》（這部被《君子》雜誌選爲1984年最差的影片），也看了好久沒看的日活電影……簡直有什麼看什麼。像這樣一連到電影院繼續看之後，確實眞有，啊，看了好多電影的感覺。

看電影只要往椅子上一坐，腦袋放空，對方就會自己一直演給你看，所以非常輕鬆。如果是去看戲或去聽音樂會的話，你還要想：「今天是不是不太起勁？」或「會不會在什麼地方出現閃失，」或「鼓掌這樣程度可以了嗎？」多少還需要顧慮，不太能完全把腦袋放空。所以當緊張感下降、想放鬆的時候，最好是去呆呆地看天真無邪的好萊塢電影。如果被啟發什麼的話反而搞得不愉快。這次看的一連串電影，都算有趣，幸虧也沒什麼被啟發，而能快樂地消磨時間。

楚門．卡波提在他的小說中把電影比喻成宗教性儀式，確實這麼一說也不是沒道理。在黑暗中一個人獨自和銀幕對峙時，開始覺得自己的靈魂好像暫時被寄放在一個地方似的。而且在一連去了好幾次電影院之間，開始覺得這種心情對自己的人生彷彿是不可或缺的重要因素。這就是所謂看電影看上癮了。

我以前也有過這樣的時期，那時候每天都到電影院報到。正好是在鬧學潮的時候，幾乎沒有課可以上，所以等於在住的地方、打工的地方、和電影院這三角地帶之間團團轉。當然並不是每天、每天都有那麼多不同的電影可看，所以結果不是同一部電影重複看好幾次，就是連無可救藥的B級片、C級片也像在啃骨頭般照看不誤。不久之後，連作夢都夢見米高梅電影片頭的獅子吼、東映電影的波濤洶湧、二十世紀福斯的光芒隨著鈴聲旋轉閃爍。到了這個地步已經完全有病了。

不過現在想起來，與其所謂「名片」，不如沒什麼可看卻沒辦法只能重複看的，明顯沒有內容的片子，反而更看進去了，真不可思議。沒有內容的B級片、C級片，也就是和所謂「名片」不同，你必須自己努力去想辦法找出優點來才行，否則就只是純粹的浪費時間。所以這種緊張感才能在很久以後依然還確確實實地烙在心裡，留在記憶中吧？同樣是電影，也有各種看法。

這次我看的影片中，讓我嚐到像這種B級、C級作品鑑賞的醍醐味的，再怎麼說還是要算《天狐入侵》了。大家都說這部片子是好戰的荒唐無稽電影，確實說得也沒錯，不過仔細看也有相當有趣的地方。我覺得最有趣的是，美國被蘇聯和古巴的聯軍侵略占領，而美國少年則展開游擊戰以對抗他們。這樣的處境，仔細想想和越戰中美國所處的立場和位置正好相反。當然這設定本身相當勉強，所以作品本身也就顯得有些自我分裂，不過光拿這自我分裂的部分來思考，也未嘗不能算是一部相當難纏的強韌反戰電影。

我還滿喜歡這種「未嘗不能」算是什麼類型的電影。

後來，我買了《天狐入侵》的ＶＣＤ重看，覺得還不太壞。在《洛基４》和《藍波２》之類更露骨的反共片子都出來的現在，甚至覺得有些部分顯得更高尚。導演約翰．米遼士（John Milius）是不是太早出來了？

深藍西裝

我生平第一次穿西裝是十八歲的時候。現在都還記得很清楚，是VAN．JACKET的灰色綾織（herringbone）西裝。襯衫是白色扣領襯衫，領帶是黑色針織領帶。那是常春藤名校時尚流行全盛時期的事。

我非常喜歡綾織這種斜紋料子，經常想如果要訂製第一件西裝的話非這種料子莫屬，可是眞的做好以後一看，綾織西裝實在不太適合十八歲少年。要把綾織西裝穿得好看還需要有一點年紀。

第二套西裝是在結婚的時候訂做的深橄欖色英國三件式西裝，這一套——自己說有點不好意思——還滿合適的。看當時拍的照片，頭髮長長的，比現在瘦多了，臉上看得出好像頗有決心的樣子。那是二十二歲的事。

我因爲沒有所謂的上班過，所以第三套西裝是在很久很久以後才做的。二十九歲碰巧投稿到《群像》文藝雜誌獲得新人獎（是不是這樣稱呼的？），爲了出席頒獎典禮特地買了夏季西裝。但那時對西裝的憧憬和執著感早已消失，因此決定盡量買便宜又還可以的就好。當時我還滿強硬的，心想才不過出席一個文藝雜誌的新人獎頒獎典禮，怎麼買得起什麼豪華昂貴的西裝？現在雖然也還相當任性，不過已經比不上年輕人了。

於是心想要買什麼樣的西裝好呢？信步走到青山道去逛逛時，以前的VAN大樓好像正在做倒店大拍賣。心想怎麼連VAN也會倒掉，走進去一看，正在賣從前流行過的三顆扣子棉料西裝。橄欖色，價格一萬四千圓。非常便宜。買了帶回家，用洗衣機洗得皺巴巴的，穿上舊網球鞋就去參加頒獎典禮。

我現在的衣櫥裡——不值得一提——只有一套西裝。在Paul Stuart買的黑色西裝而已。這純粹是準備參加婚喪喜慶用的，才穿過一次而已。以後大概也不會再買西裝了。我認爲這麼麻煩的東西，能不穿最好。價格又貴，行動又不方便，流行立刻改變，還得花洗衣費。偶爾非常難得地想穿西裝上街，才走兩小時左右，哎，眞煩人，這種東西眞不該穿出來，好後悔。這絕對是不自然的衣服。

有必要打領帶的時候，我都穿休閒式西裝外套（blazer）應付過去。我喜歡Brooks Brothers的休閒式西裝外套，前前後後買了六件之多。打領帶大概兩個月一次左右，所以有點買過頭的感覺，不過我的生活幾乎沒花什麼服裝費，

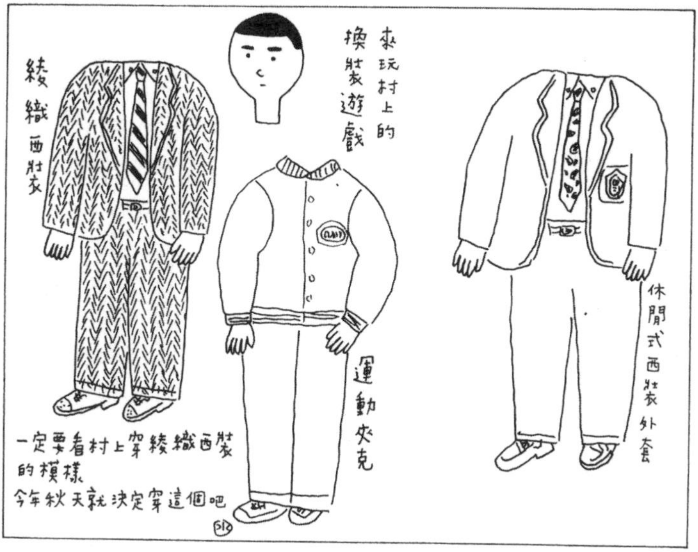
來玩村上的換裝遊戲
綾織西裝
運動夾克
休閒式西裝外套
一定要看村上穿綾織西裝的模樣
今年秋天就決定穿這個吧

所以這點奢侈應該被允許吧。只是穿著雙排扣的休閒式西裝外套，呆呆站在飯店樓面時，會被誤以爲是樓面經理。我在大阪的皇家飯店就曾經被開口招呼過三次，實在眞煩。「請問某某廳準備好了嗎？」這種事我怎麼會知道！

這跟西裝的事沒關係，不過我經常在各種地方被誤認成各種人。有一次在池袋的東武百貨公司買東西，被誤認爲是打工的店員，「喂，你怎麼沒掛名牌！」一個很神氣的老伯這樣罵過我。實在太過分了，我頓時啞然「呵！」，對方已經不知道走到哪裡去了。我對東武百貨公司並沒有懷恨在心，不過現在想起來都覺得是不可思議的經驗。

閒話少說。回到西裝的話題。

我自己雖然幾乎不穿西裝，不過看到很擅長把西裝穿得體面光鮮的人時，自然也覺得很舒服。不過這還要有一點年紀，也需要有一點哲學吧。我因爲兩者都沒有，所以不太能把西裝穿得體面光鮮。

美國化妝品界的大人物故查爾斯・瑞福森（Charles Revson）一輩子只穿深藍色西裝。他在Bill Fioravanti的裁縫師那裡訂製了大約兩百套深藍色西裝，分別順序穿著。到這個程度時已經遠遠超越哲學的領域了。據《君子》雜誌說深藍這種顏色可以突顯某種權威和力量，賦予穿它的人以「現在正在工作！」的印象。果然是在一代之間就建立起露華濃帝國的人，對色彩的感覺也敏銳無比。

我讀到這樣的報導之後，上街時開始特別注意起周圍來，不過卻不太能看到穿西裝穿得很體面光鮮的人。要把深藍西裝穿得不土氣一定很困難吧。

傳聞！

傳聞這東西某種程度還相當有趣。我因爲交遊不太廣——說得明白一點是很狹窄——不太有這種事情，雖然如此有時候還是會聽到我所渾然不知的有關我的傳聞。到目前爲止幸虧沒有太壞的傳聞，只有「村上好像買了BMW，」（不可能買吧），或「村上好像每天要吃三塊油豆腐，」（只吃一塊）這種程度而已。

因爲我搞不清楚，所以就問對方：「爲什麼我一天非要吃三塊豆腐不可呢？」對方說：「你在接受雜誌採訪的時候，不是這樣回答過嗎？」仔細想一想，確實有說過。在接受幾次採訪之間，問題大概都一樣，很無聊，所以有時候就不免信口開河地胡亂回答。「喜歡吃的東西嗎？油豆腐。一天要吃三塊，」這樣。BMW的事，可能也是不知道在什麼地方開玩笑地說過，不過我完全不記得。像這樣平平常常地活在世間，也可能隨時會遇到很過分的事情。總之請不要太相信採訪我的文章，隨便讀讀就好。有時候自己回頭讀看看時，也會啞然無奈。因爲被問到像：「年收多少?」之類的問題時，沒有人會認眞回答吧?

不過暫且不提這個，無害的傳聞卻很愉快。文壇也有各種傳聞，偶爾和編輯相聚，聽到像：「其實，村上兄，這話只在這裡講——」之類一兩件業界傳聞時，「是嗎，也有這種事?」感覺好像入社會了似的。不過這當然是像冰山一角中的又一碎片而已，在新宿黃金街上到底聳立著什麼樣的冰柱，就不是我所能知道的了。

企鵝出版社有一本叫做*RUMOR!*（傳聞!）的書。這是收集流傳在美國的各種傳聞，確實解說哪些是假的，哪些是眞的，是一本相當有趣的書，不過讀了以後覺得世間眞有各色各樣的傳聞，實在佩服。

例如：「迪林傑（John Dillinger）的陰莖太大，因此被保存於史密梭尼安博物館（Smithsonian Institution）」的傳聞是假的，「愛因斯坦的腦子被堪薩斯州威奇塔市（Wichita）的醫師裝在瓶子裡保存」的傳聞是眞的。愛因斯坦生前說過希望自己死後，腦子可以用在研究上，結果這話傳到威奇塔，他的腦子就被裝在瓶子裡、放進蘋果西打的箱子裡。

也有「如果拿1943年鑄造的一分錢銅板到福特公司就能得到一輛新車」

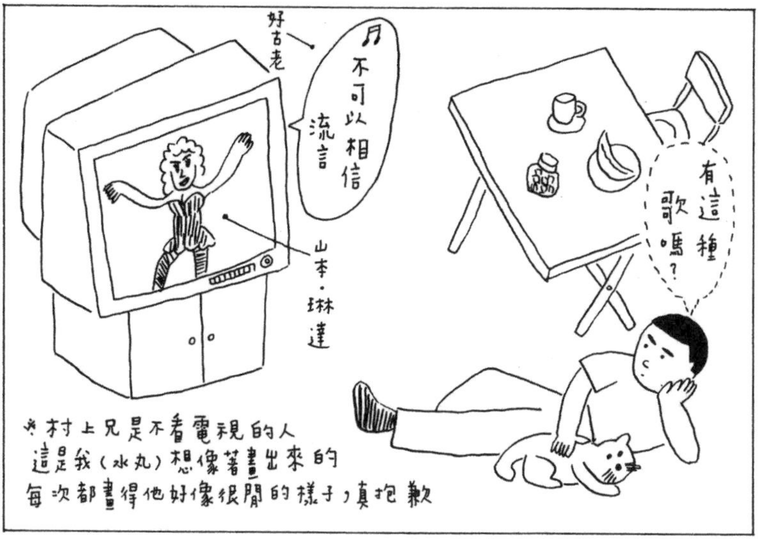

的傳聞，這是惡意造謠。不過1943年的一分錢銅板是稀有物，據說實際上以相當於一輛新車的價格在交易，所以也不能說是完全沒有根據的惡意造謠。

美國版《花花公子》雜誌封面標題“P”字上面有幾顆小星星，（擁有1978年以前的《花花公子》雜誌的人請檢查看看），很多人相信這是顯示總編輯海夫納和玩伴女郎在該月做愛的次數。不過這——很遺憾——是假的。《花花公子》因地區、和用途會改變編輯形式，星星數表示有幾版的意思。

文學方面有一個非常聳動的

傳聞說：「品瓊（Thomas Pynchon）是沙林傑（Jerome David Salinger）的筆名」。這眞的——是謊言，完全是無稽之談。沙林傑隱居在自己家中，品瓊則沒有公佈照片，都沒有在人前露面，所以會有這樣的流言傳開。據說我也擁有兩個祕密筆名。

「Jerry Lewis在法國獲得和卓別林一樣高的評價。」這傳聞是眞的。理由是什麼不清楚，不過大概因爲法國人喝太多葡萄酒的關係，作者這樣說。

其次看看固力果‧森永事件也知道，和食品有關的公司容易成爲毫無根據的惡意謠言的犧牲者。例如麥當勞漢堡裡面含有什麼東西的傳聞，就曾經傳過有貓肉、袋鼠肉、蜘蛛蛋、甲蟲等……不勝枚舉。所以麥當勞公司的廣告上才會經常強調「100%牛肉」。

Chesterfield香菸公司曾經被散播過一次「工廠裡有痲瘋病患者」的假新聞而深受其害。公司請了好幾位偵探，追查謠言來源，說如果能從最有嫌疑的二十五人中找出是誰幹的將贈予一千美元獎金，但沒有一位偵探拿到那一千元獎金。無論如何，像番薯藤式追溯謠言的傳播途徑最後都沒辦法找到根源所在。

有害的傳聞說起來眞是可怕的東西。

前幾天被一位女編輯說：「聽說村上先生人很壞。眞討厭。」追溯之下發現這謠言的發生地果然是安西水丸。這種事情，眞傷腦筋！

我為什麼喜歡理髮廳

最近的年輕男士好像很多都到男女合用的美容院去理髮，我卻比較喜歡到傳統理髮廳去。我不去美容院一方面因爲不需要特別技巧的髮型，更大的原因是實在無法安心坐在女人旁邊讓人家剪頭髮、洗頭髮。而且也不太喜歡看頭髮捲滿髮捲，臉正被刮著毛，頭上罩著吹風筒，呆呆看著週刊雜誌的女性模樣。

我從很久以前就很在乎這些，所以逮到幾個女孩子試問過：「妳們在美容院旁邊坐著男人會感覺討厭嗎？」果然她們一致回答：「嗯，確實不太舒服。」我一直上的是男女同校，對於和女孩子同坐本身並沒有任何抗拒感，不過剪頭髮的時候，還是男女個別分開比較輕鬆。所以一直還是到以前那滿街招牌像麻花糖般林立的老街理髮廳去。不過這當然是個人的偏好問題，並不是有什麼「男人都應該去理髮廳」的堅定主張。而且如果這樣的話，理髮廳就會擠得傷腦筋了。想去美容院的人請便，趕快去吧。

一說到我個人的事——話雖這麼說，但這連載其實都只在寫我個人的

嘩啦
嘩啦
卡嚓
卡嚓
理髮師有時會在腦子裡
一面想著盆栽
一面剪頭髮
所以請小心

事——我常去的理髮廳在千駄谷。我現在住在藤澤，因此兩個月中有三次，要搭小田急的「浪漫車」，到千駄谷去理髮。東轉西停，單程就要花掉一個半鐘頭，所以要說閒也眞閒，要說好事也眞好事。

在藤澤之前住在習志野，那時候單程也要花一個半小時到這家理髮廳，不過小田急的浪漫車要比總武線快速電車的景色有風情、便宜，又有蘋果茶可以喝，因此我覺得現在輕鬆多了。在搬到習志野去以前，我住在這千駄谷理髮廳附近。所以前前後後來往了八年左右。

爲什麼搬家又搬家之後，還一直固執地不換理髮廳呢？因爲到新的理髮廳非常麻煩。到新的理髮廳時，很多事情都不得不一一從頭開始說明。首先我不是上班族，沒有必要剪太工整的髮型，三星期左右剪一次，所以也沒必要剪太短，這基本原則必須讓對方明白才行。其次移到細部說明。耳朵上方要多長，分邊大約在哪裡，鬍子不用刮，我每天早上都洗頭，所以只要洗髮精很快地洗過一次，不用上髮膠……光這樣說明就累趴趴了。而且不管你怎麼說明，對方卻不見得能照說明做——不如說一定不會照做。尤其郊區城市的情況更糟，大多會被剪成像「瓜皮君」那樣短，讓你四、五天都悶悶不樂地窩在家裡不敢出門。這就非常傷腦筋了。

這一點要是到常去的理髮廳的話，打開門說一聲：「你好！」往椅子上一坐，然後你打瞌睡也能幫你照平常那樣確實理好。沒有比這更輕鬆的事了。

在我心目中優良理髮廳的條件，第一點是師父（也就是理髮師）最好不要經常流動。每次去的時候師父的面孔就換人的店，一來你無法安心，再說每次都不得不從頭說明，就失去到同一家理髮廳當老主顧的意義了。而且師父流動少的理髮廳比較有整然有序的氛圍，手藝也穩定。就像壽司店的廚師一樣。

第二點，不要老是愛跟你說話。完全不說話也不太是滋味，不過我在理髮廳喜歡放空發呆，如果一直跟我說話實在很累。「春天到了啊！」「好溫暖啊！」「去賞花了嗎？」「沒有，太忙了。」像這種程度最理想。我去的理髮廳有喜歡慢跑的人，有時候會稍微提一下賽跑的事。

第三點，背景音樂不會播放品味很差的廣播節目。最近下午時段有很多以主婦爲對象的談情節目，聽著那個實在很累。「我先生啊，我在廚房洗東西的時候，每次都從後面把手伸進我的裙子裡喲。不過我也不討厭啦……」被這麼一搞，從腦袋裡都要開始崩潰了。最近的主婦到底都在想些什麼呢？

其實背景播放ＮＨＫ．ＦＭ的「中午的古典音樂」是最理想的，不過在理髮廳聽布拉姆斯也有點太做作了，所以這裡像ＮＨＫ第一放送就好了。ＮＨＫ廣播節目我只在理髮廳聽，不過仔細聽聽還滿有趣的。至少，會開始覺得：「啊，世界眞大。」柏希．費斯管弦樂團（Percy Faith & His Orchestra）所演奏的《青色山脈》，在青山的美容院應該聽不到。上午十一點半左右在朗讀小說，坐在理髮廳的椅子上聽起來尤其感覺眞不簡單。

現在更遠了，單程要花將近兩小時，不過還是到同一家理髮廳去。Percy Faith 的《青色山脈》途中穿插很美妙的四小節，演奏得相當熱烈。

柏林的小津安二郎和蚊香

前幾天因爲小津安二郎的電影轉成雷射影碟，所以我一口氣買了三張回來。是《晚春》、《麥秋》和《東京物語》。製作年度是昭和二十四年、二十六年、二十八年，三部都是原節子和笠智眾主演的。

日本電影中我特別喜歡小津和成瀨巳喜男的作品，常到名片電影院去看，不過放映這種老片重播的電影院多半很小，經常客滿，年紀大了以後，要到那種地方一連看兩、三片也實在辛苦。這一點雷射影碟和錄影帶就很方便。尤其是標準比例銀幕的黑白老片，比在銀幕看畫質更好也有關係，最適合在家裡悠閒地看。也可以邀請女孩子「嗯，我有小津的新雷射影碟，要不要來我家喝昆布茶一起看？」不過不保證對方會高高興興地來。

其實我曾經在德國看過一次《東京物語》。我住在柏林的飯店不經意地打開電視時，正在播放。片名我記得好像改成《Die Reise nach Tokyo》（東京之旅），對白改錄成德語。所以東山千榮子問：「您累了吧？」笠智眾回答：「不

累。」的地方，對白就變成：「Nein!」了。這感覺非常不可思議。美國人看到日本電視上播出改錄成日語的美國電影時，一定也覺得很奇怪吧。

在德國看《東京物語》深深感覺到的是，日本人——至少當時的日本人——怎麼老是在敬禮。用日語看的時候還不太在意，可是用德語看時，卻非常在意起來。

例如客人說：「那麼，今天打擾了，這就告辭。」正要離去時，一連深深地點了好幾次頭。可是這轉成德語時，只有一句話：「Auf Wiedersehen.」就完了。所以如果要對嘴的話，就會變成「A…uf…Wie…der…se…he…n」這樣。

這雖然是極端的例子，不過總之實在很多可有可無的對白。

「是嗎？」

「是啊。」

「眞的，是這樣嗎？」

「可不是這樣嗎？」

「果然，是這樣啊？」

「就是這樣啊。」

這種對白用德語來說時，甚至開始帶上形而上學的色彩了，眞不可思議。

「是——這樣嗎？」

「是——這樣。」

「非如此不可嗎？」

「非如此不可也。」

「是——如此，然也。」

「然也。」

這樣。我的德語相當馬虎，所以是不是這樣說的，我不能負責，不過以語感來說，可以感覺到洋溢著這種相當辯證法式的氛圍。不是沒有一點難解的成分。如果轉錄成法語或義大利語來看小津電影的話，一定又有不同的趣味。我不要求看兩次三次，不過眞的很想試看一次。可能因爲我是個喜歡看英語翻譯的巴爾札克，興趣奇怪的人，所以會有這種想法吧。

《晚春》和《麥秋》以北鎌倉爲舞台，所以經常出現江之島和七里之濱一帶的風景。電影上看起來昭和二十四年當時的七里之濱幾乎沒有什麼車子在跑，非常安靜的樣子。當然沒有衝浪者。也沒有慢跑者。當時的人可能大家都很忙。小津安二郎所拍出來的風景經常都靜悄悄的，沒有風，充滿舒服的陽光。我很喜歡小津電影中出現的（尤其是昭和二十年代的）這種風景，反覆看了好幾次又好幾次。其實是模式化得很可怕的，卻又非常栩栩如生。

其次這是有關細節的事，《東京物語》中有一個地方我怎麼都不明白。就是蚊香的部分。這部電影裡有三個地方出現蚊香的畫面，每個畫面裡蚊香都是直立的。前一陣子流行過直立式唱片播放盤，蚊香就像那樣直立著點起火來。

我覺得非常不可思議，因此對蚊香直立起來有什麼優點想了很久，不過怎麼想都想不通。當時眞的有過那種直立型蚊香嗎？或者因爲要順著小津的美學而故意把蚊香轉成直立的呢？還有德國人是不是確實了解那個是蚊香呢？雖然其實都是無所謂的小事情。

最近出來的影碟《東京暮色》，我和安西水丸都非常感動。那個滑頭酒保演得好得沒話說。關於直立型蚊香的事，依然毫無線索。

教訓

我還滿喜歡富有教訓的事情。這麼說，並不意味我是一個擁有教訓性性格的人。我只是相當喜歡所謂教訓這東西的成立方式而已。

我太太的姊姊學生時代讀了堀辰雄的《起風了》，寫了一篇〈健康是一件重要的事情〉的讀書感想，被老師大笑一番——我聽了確實也忍不住笑出來——不過這是笑的人錯了。如果她因爲讀了《起風了》而深深感到健康的重要性，這無疑是文學的力量。不可以笑的。站在這樣的立場重新讀一次《起風了》，一定會有幾個「嗯」令人感嘆佩服的地方。教訓這種東西有時會落入類型化，有時則在別的意義上也擁有打破類型的力量。

有時候也會有讀者把讀小說的感想寫信給我，大多寫「村上先生小說的感性是——」，或「這種詞彙的用法——」，或「讀過這個的心情是——」，沒有一封寫：「我讀了村上先生的小說得到這樣的教訓。」並不需要每個人都這樣，不過我想至少有一封也不妨吧。「我讀了村上的小說，想到應該多安慰病弱的母親才行。」或「讀了村上的小說我覺悟到金錢並不是一切。」不過也許有點勉強。

所謂教訓這東西其實並沒有一般人所想的那麼僵硬。任何東西一定都有教訓，那並不是一律同樣形狀的東西。下雨有教訓，停在鄰家停車場的Toyota Corolla Sprinter也有教訓。並沒有必要特地去尋找，不過有的話也算是一件快樂的事。

從前學生時代學校要我們讀《徒然草》時，老師說了類似「以現代的眼光來看，作者的說教味、教訓味有點衝鼻」的話，當時我想：「原來如此，是這樣啊。」不過現在看來，只有那教訓的部分還牢牢記在腦子裡，眞奇怪。不只限於《徒然草》，以其他文學作品來看，流利的文筆和緻密的心理描寫在當時固然很佩服，但時間一久就會完全忘記，往往雖然瑣碎卻有效的那種事情還記得一部分。我不知道這是不是好事，但我想至少比什麼都不記得要好吧。

從前，我聽一位編輯談到一件有趣的事。是一件相當富有教訓意義的事，但因爲教訓實在太多了，我到現在還無法整理完。我試著在這裡重現出來，作爲個案研究之用。

〈個案研究〉某編輯的話

我喜歡爵士樂，錄了一位前衛爵士樂手的演奏，在工作時順便帶到××先生（著名爵士評論家）家裡去，放給他聽。××先生非常喜歡，還說：「嗯，這個很好，太棒了。」到這裡爲止還好。可是一留神時我發現那錄音帶（注・開放式轉盤）是以雙倍速度播放。想到：「糟了，」於是說：「對不起，速度搞錯了。」而重新從頭開始播放。因爲不正確的東西總不能放任不管。於是先生火大起來，「你把我當傻瓜嗎！」事情演變成這樣。那個人雖然會說大話，器量卻很小。

這件事就像開頭說的那樣，含有許多教訓，因此我把發現的教訓試著條列出來。準備應試的人覺得對的請打○號。

⑴前衛爵士可以用快速度聽。

⑵任何事情只要認爲自己是對的就行了。

⑶所謂正確評論這東西並不存在。

⑷感覺「有點不妙」，應該重新再想一次。

⑸不正確也沒關係吧。

⑹失敗了最好一笑置之。

⑺器量大的人不太說話。

⑻編輯不直接說對方的壞話。

⑼什麼都誇獎的話，事後會很難過。

試寫出來看看，就知道連這麼小的事都有這麼多該學的東西。因爲可能還有其他我沒發現的教訓，如果有人發現請告訴我。接著再想一想如果是《徒然草》的話，事後會提出什麼樣的教訓，似乎也很能消磨時間。

興趣是音樂

有時候問卷調查被問到興趣是什麼而覺得非常困惑。正常回答的話是讀書和音樂，不過因爲現在沒有不讀書和不聽音樂的人，所以覺得這正確說也不算興趣。只是很麻煩，這時候大多謙虛地——不算嗎？——回答：「沒有興趣。」

本來開始寫小說以來，讀書就成爲工作的一環，所以這在現實上也已經不能稱爲興趣了。於是只有音樂還勉強留在興趣的領域裡。因此盡量努力把音樂留在興趣裡不帶進工作中，然而一面以文筆爲業一面要一直避開某個特定領域是相當困難的。

我所成長的家庭，除了我以外沒有一個人喜歡聽音樂，因此上了初中眞正開始聽音樂之後，得不到誰的指導或建議。當時和現在不同，也完全沒有什麼詳細的入門書。所以只能存零用錢盲目地買唱片，一直聽到自己滿意爲止。

那時候我買的唱片現在看起來，自己都覺得很驚訝，眞是太沒原則的收集方式了，不過當時因爲不知道，所以就到處找拍賣的便宜唱片買，一直聽到盤面刮傷爲止。年輕時候聽過的演奏，說起來會一輩子烙進耳朵裡，而且因爲是少數唱片重複聽很多次，所以那時候買的唱片現在已經變成我的一種標準演奏了。

例如貝多芬的三號鋼琴協奏曲我一直聽顧爾德（Glenn Gould）的，所以一提到「三號」，腦子裡就會啪一下浮上顧爾德的演奏，一提到「四號」就會想起巴克豪斯（Wilhelm Backhaus）的演奏。很久以後也買了巴克豪斯演奏的三號和顧爾德演奏的四號，可是聽著這個時——演奏當然不錯——卻感覺鎮定不下來。因爲耳朵已經把「三號是激進的，四號是正統的」這樣的演奏基準整個灌輸到腦袋裡了。

莫札特的弦樂四重奏曲十五號和十七號也一樣，這情況是十五號要聽茱莉亞弦樂四重奏（Juilliard String Quartet），十七號要聽維也納演奏廳四重奏團（Vienna Konzerthaus Quartet）這樣驚異的組合。我想您如果聽了就會知道，這兩個演奏團體幾乎被視爲是兩極化的。茱莉亞嚴謹硬質，後者則優雅溫柔。因此我長久以來甚至一直以爲「十五號是嚴謹硬質的曲子，十七號則是優雅溫柔的曲子。莫札特這個人不愧是一位擁有多面性的人啊」。二十歲過後聽到其他唱片的十五號時，感覺簡直像天翻地覆般震撼。現在想到啊，好想聽十五

號時，總會伸手拿起茱莉亞的唱片（當然是重新買過新的）。眞不可思議。

這種例子不勝枚舉。因爲一味沒有系統地買特價的便宜唱片，結果現在看起來，覺得或許這種無系統的雜亂聽法反而凸顯了聽音樂的樂趣。也可以說因爲沒有人指導，所以喜好沒有走向奇怪的方向。

我大體是這樣一面繞遠路一面依自己喜歡的方式莽莽撞撞往前進的性格，花很長時間才好不容易跋涉到某一個地點。也失敗過很多次。不過一旦學會之後，就不容易隨便動搖。這並不是自豪而說的。這種性格往往既傷害別人，自己也很難矯正這種脾氣。別人的勸告我大多聽不進去，別人也不太會認眞來勸我。不過我想既然這樣活過來了，所以事到如今也沒辦法。

這暫且不提，我覺得一般人對音樂的感受性，會以二十歲爲界漸漸減弱下去。當然理解力和解析力可以靠訓練來提高，然而十幾歲時所感覺到的刻骨銘心的感動，卻再也不會回來了。現在的流行歌只覺得吵，開始感覺以前的歌還是比較好聽。我周圍以前的搖滾樂迷青年也漸漸開始說：「現在的搖滾這麼輕浮有什麼好聽？」這種心情我了解，不過老是這樣說也沒辦法，所以我還乖乖的而且勤快地聽著全美排行榜歌曲，防止耳朵老化。雖然不太喜歡Culture Club或Duran Duran，不過我此時此刻還滿喜歡"Wham!"的那種輕鬆狂放的。

關於汽車

我不開車，對車子這種物體也不特別感興趣。看看我四周，不知道爲什麼開車的人也非常少。我認識的人裡好像只有大約三成左右有駕照。以現在的日本總人口將近六成擁有駕照來想，眞是少到不近情理的地步。

爲什麼我周圍的人都不開車呢？理由很簡單，因爲沒有必要。一想到開車要多耗費精神，多花錢，又不能喝酒，還要增加洗車、驗車等麻煩……還是搭地下鐵和計程車比較輕鬆。當然如果是住在北海道的濕原正中央的人沒有車子可能沒辦法活下去，可是住在東京近郊的人，我想並沒有必要開車。

以我自己的例子來說，感覺沒有車不方便，一年裡只有一兩次而已，這一兩次想辦法度過去的話——當然過得去——剩下的時間搭電車和徒步和坐計程車，就可以解決全部事情了。當然我想每個人各有不同的情況，不見得大家都那麼想爭著開車。才三十年前大多的人沒有車還不是活得十分和平？

這種話我對有車的人說時，大多會得到：「是啊，不開車最好。如果沒有必要開車的話，還是不要開什麼車最好」的答案。不過這種人偏偏就住在搭電車只要一兩站的地方，卻還特地要開車來回。如果說自己不開車的話就算了，可是開車人的心情我實在不太了解。要很費神地去找停車位，只差一點點時間也要一一去變換車道，這種事情我也實在做不來。

沒車子的話，就不必付車貸、停車費、牌照稅、油錢、修理費之類的，所以省下的錢可以常常搭計程車，搭國鐵可以坐對號的綠色車廂。這也非常不可思議，開車的人好像大部分覺得計程車和綠色車廂票價貴得離譜。我提到我常常搭計程車和綠色車廂時，就會被數落：「你呀，太奢侈了！」不過試想一想，東京．藤澤之間的綠色車廂車票和停車場停兩小時的費用一樣。可是我忽然想到搭電車卻可以有一小時坐下來悠哉地讀書，豈不是很便宜？我並不是在捧國鐵的場。

不過，話雖這麼說，如果我更年輕一點的話，也許也會買高級車邀女孩子兜風——可能會，所以不太能說大話。這種事就像機緣般，稍微走上不同的路就難保不會有完全相反的主張。世間蔓延的主張大多成立在結果好就好的精神上。所以我在這裡並不打算展開汽車排斥論，只是穩當地陳述、推測還有不少沒有汽車也沒什麼不方便的情況而已。請不要寄來憤怒的反駁。

我現在住的藤澤地方，隨著夏天的接近汽車數量也增加了。一到週末，從藤澤橋到江之島的路上會充滿車子，連小路也有很多汽車開進來。半夜裡機車騎士發出的噪音眞吵。我搬家到這裡來之後，有一位早晨慢跑的老婦人被車子輾死，有人因爲機車噪音無法入睡而自殺抗議的。眞可憐。

或許我對汽車太過於神經質了，不過自從汽車增加以來，全日本到哪裡去心情能夠靜得下來的情況就大爲減少了。有時心血來潮會搭上江之電到鎌倉去吃中飯，可是整個地方到處是車子，頭都痛起來了，只好趕快離開。京都以前也不是這麼粗糙的地方。

我想世間不妨有一個一輛汽車都沒有的地方。像執法悍將（Wyatt Earp）在道奇市（Dodge City）要人人都把手槍繳出來一樣，管理員也在城市入口要大家把車子寄放。如果什麼地方有那樣的城市，我一定要去住住看。常常有所謂「步行者天堂」，我覺得那樣程度就叫天堂的話實在受不了。從不開車人的眼光看來，那只不過是平常狀態而已。

因爲有事後來拿到駕照。基本上我的想法沒有改變。國鐵後來改成ＪＲ。但「E電」後來不知道變怎麼樣了？

貓的死

前幾天，我們養的貓死了。這隻貓是從村上龍那裡抱來的阿比西尼亞貓，名字叫做「麒麟」。因爲是從龍的地方來的，因此爲牠取名「麒麟」。和啤酒沒有關係。

年齡四歲，以人來說大約是二十歲代的後半，或三十歲左右，因此算是早死。這隻貓的體質是膀胱容易結石，以前也手術過，吃的每次都給牠吃減肥貓食（世界之大確實有這種東西），但終究把膀胱搞壞而丟了性命。請業者做了火葬，骨灰裝進罈裡，放在神壇。我現在住的房子是老式日本房子，附有神壇，所以這種時候很方便。如果是新的兩房一廳大廈的話，要找個放貓骨灰的地方好像很難。總不能在冰箱上暫時放一下吧。

我家除了這隻「麒麟」之外，還有一隻十一歲的母暹邏貓，名叫「妙子」。這名字是從少女漫畫名作《玻璃之城》的出場人物取的。以前還有兩隻雄貓叫做「布屈」和「日舞」，這是從《虎豹小霸王》電影的主角搭檔取的。養很多貓後要一一想名字也麻煩，所以大多取個非常簡單的名字。有一段時期養了一隻名叫「條紋貓」的條紋貓。一隻叫「三毛」的三色毛貓。養蘇格蘭折耳貓（Scotch Fold）時，取名蘇格蘭。這樣當然可以延伸推測出有叫做「小黑」的黑貓寄宿過。

回顧這十五年間我家來來去去的貓的命運做成表格如下：

A（死掉的貓）

①麒麟　②布屈　③日舞　④條紋貓　⑤蘇格蘭

B（送人的貓）

①三毛　②彼得

C（自然失蹤的貓）

①小黑　②跳跳丸

D（現在還在的貓）

①妙子

試想一想家中一隻貓也沒有的時期，這十五年之間只有兩個月左右。

當然，貓也有各種性格，每一隻想法都不同，行動方式也不同。現在養的暹邏貓，我如果不握著牠的手牠就無法生產，真是個性很奇怪的貓。這隻貓一

開始陣痛時立刻就跑到我的膝蓋上來，「嘿」地像靠在椅子上的姿勢坐下來。我牢牢握住牠的雙腳時，終於一隻又一隻的小貓就生出來了。看著貓生產是相當快樂的事。

「麒麟」不知道爲什麼最喜歡玻璃紙揉成一團時發出的唏唏嗦嗦聲，有人把香菸盒揉掉時，牠就不知道從哪裡像脫兔般跳出來，從紙屑簍裡把那個盒子拉出來，一個人玩大約十五分鐘左右。到底是經過什麼樣的過程而在一隻貓身上形成這樣的傾向或癖好或嗜好的，完全是個謎。

這隻貓是一隻精力充沛、身

材壯碩、食慾旺盛的公貓——這方面的描寫和村上龍的個人特質無關——個性也開放，很受來我家的客人歡迎。膀胱的情況惡化時元氣大傷，才不過幾天前實在看不出會這樣就死掉。帶去附近的獸醫那裡，幫牠把積存的尿抽出來，給牠吃了融解結石的藥，但天亮後牠已經蹲在廚房地上眼睛睜得大大的，身體涼掉了。貓這東西每次都死得很乾脆。因爲死時的臉太漂亮了，甚至讓你懷疑如果把牠就那樣放在陽光下的話，或許可以解凍、復甦，再活過來。

下午寵物專門的埋葬業者開著廂型車來把貓接走。穿著像電影《葬禮》中出場的人那種裝扮的人，照例說了悼辭，這可以想成把以人爲對象的悼辭適度簡化的那樣。其次說到費用。火葬→骨灰罈的程序包括罈的費用總共兩萬三千圓。廂型車後面的貨台上看得見塑膠衣箱裡還有一隻德國牧羊犬。「麒麟」可能和那隻牧羊犬一起燒吧。

「麒麟」被那輛廂型車載走後，忽然覺得家裡好像空盪盪的，我和太太和其他被留下的貓都無法鎮定下來。所謂家人——就算是貓——都一面各自保持平衡一面活著，如果缺了一角，暫時就會亂了陣腳。看樣子待在家裡也不可能工作，於是想到去橫濱走走，便在細雨濛濛中走到車站，這樣也覺得有點麻煩，於是途中又作罷回家了。

現在養著叫做「妙子」和「可樂餅」的貓。日本全國大概有很多名叫「麥克」或「小鐵」的貓吧。

養樂多燕子隊

我看職業棒球不知道爲什麼特別偏愛養樂多燕子隊。雖說偏愛，但並沒有採取加入後援隊、或給選手零用錢之類的具體行動，只是一個人在心裡悄悄想著「如果養樂多隊贏的話該多好」而已。

電影《越戰獵鹿人》中出現過俄羅斯輪盤的遊戲。在可以裝六顆子彈的手槍旋轉輪盤裡只放一顆子彈，輪盤團團轉，槍口抵著自己的頭，這是扣動扳機的賭命遊戲。爲養樂多隊加油就像在六顆子彈的彈匣中放進四顆子彈，玩俄羅斯輪盤一樣。因爲勝的機率大約只有三分之一而已。爲這樣的球隊加油對健康不可能有益。

我開始支持養樂多燕子隊是在十八年前到東京來的時候，那時候的名字還叫做產經・原子隊。名字雖然不同但同樣很弱。我從以前開始就以爲棒球原則上應該支持家鄉球隊的，所以來到東京了就來支持東京的隊吧，在東京的四個球隊（巨人、原子、東映飛人、東京Orions）中經過一番比較之後，結果用消

沒有風
陽光不太眩眼
舒服的下午
發生的事
咦！
太可憐了！
背號保密
碰！

去法留下養樂多（原子）隊。要常常去東京體育館的話會覺得太遠，巨人隊的比賽則太擁擠，而且我不太喜歡後樂園這個球場。

從這一點來看，神宮球場卻是相當舒服的好球場。周圍綠意盎然，當時的外野席還是平平的土堤，在那裡躺下來一面喝啤酒一面看比賽，心情還滿愉快的。其實刮風的時候風沙很大，手上握著飯糰時吃起來滿嘴沙沙的，要說是困難點也確實是困難點。白天比賽時，常常上半身赤裸地做日光浴。除了巨人隊出賽之外經常都是空蕩蕩的也很高興。總之說得快一點，與其說是因爲喜歡養樂多隊而常常到神宮球場去，不如說好像因爲喜歡神宮球場結果變成支持養樂多隊了。

空蕩蕩的球場外野席是最適合和女孩子約會的地方。可以一面喝喝啤酒吃吃便當，一面吸著戶外的空氣，入場券也比電影票便宜。而且想看的話也可以看看棒球比賽。

我現在還記得十四、五年前一場對巨人隊連戰兩場（double header）的比賽，我還是和女孩子一起在右方看台右外野手正後方一帶看的球賽。如果是現在的話就像岡田啦啦隊正熱鬧呼叫的那一帶，當時的啦啦隊只有一個大鼓和一個笛子這樣程度而已，眞的很安靜。那次比賽是養樂多隊勝還是敗，現在已經記不得了，只有巨人隊打者所敲出的一支右外野高飛球還以極象徵性的情景鮮明地留在我的記憶中。

那顆高飛球眞的是像畫出來的畫一樣簡單的外野高飛球。打者把球棒往地上一丟，就一面搖著頭一面往一壘跑去那樣的高飛球。養樂多隊的右外野手（太可憐了所以名字就祕而不宣了）一副「沒問題」的樣子慢慢往前移動了五公尺，等球落下來。很平凡的光景。然而球——卻難以相信地——撲通掉在右外野手手套的大約五公尺後方。既沒有風，陽光也不太眩眼，一個很舒服的下午發生的事。觀眾果然都啞口無言地一時呆住了。

「嘿，你支持的是這一隊嗎？」女孩子一面指著正尷尬得不知所措的右外野手一面問我。

「是啊。」我回答。

「換一隊會不會比較好？」她說。

雖然得到她適當的忠告，然而我到現在依然還是養樂多燕子隊的球迷，而且隨著年齡的增加甚至覺得感情逐漸移入。為什麼會這樣我也不知道，至於這是不是正確的，我也不太有信心。這樣說不好意思，不過舉例來說，就像「本來逢場做戲的後來卻認眞起來」的感覺。

在那之間我眞的目睹了無數啞然驚奇的光景。松岡投手對戰巨人隊確實在九局二死為止都完美投球，只剩一個人就要整場完投了，卻被打出去而輸了比賽。我並不是因為喜歡輸而支持養樂多隊的，因此發生這樣的事還是很失望。

不過支持養樂多隊並不是沒有實質上的收獲。那就是對輸的寬容度。雖然討厭輸，但對這種事情如果一一太在乎的話實在無法生存下去，這樣的諦觀。在我眼裡看來，相較之下巨人隊球迷輸的時候就顯得非常難看。養樂多．巨人戰中養樂多勝的時候，就有巨人隊球迷的朋友打電話給我說：「被豬踢到了。」

這種事情眞傷腦筋。

松岡投手引退比賽的觀戰中，請我喝啤酒的兩個好像是上班族，謝謝你們了。松岡投手也沒有對若菜客氣，投得很帶勁，看得眞過癮。不過也被對方三個打者打出，跑回三分就是了。

談健康

「健康第一，才能第二」是我的座右銘。我甚至考慮過有一天要請安西水丸畫伯在掛軸上幫我這樣寫，讓我可以掛在壁龕。字下面如果再畫上啞鈴我想就更好了。

爲什麼是「健康第一」而「才能第二」呢？因爲很單純地想到，健康會帶來才能，但才能卻不可能帶來健康。當然並不是只要健康，才能就可以跟著源源而來。不過要長期持續努力和維持注意力集中則無論如何需要體力，持續努力和維持注意力集中而使才能增加並不是不可能的。所以說「健康第一．才能第二」。

當然，這種想法並不適用於天才。所謂天才是不管多不健康又多不努力，還是能創作出卓越作品的。刻意去做自我訓練這種事情一定是和天才無緣的。不過現實問題是我並不是天才，自然需要做適度的職業努力，因此健康很重要。我想身爲一個作家，如果既沒有什麼了不起的才能，又病懨懨的話，是最糟糕的類型了。

不過這種座右銘也不必做成掛軸，大體上我本來就是個健康的人，從沒住過院，這二十年間也沒看過醫生。既沒吃過藥，身體也沒出現過什麼令人擔心的症狀。從來沒有腰酸背痛、頭痛、宿醉的經驗。失眠現象在二十出頭時好像經驗過幾次，現在則已經完全沒有了。

所以頭痛、宿醉和腰酸背痛實際上到底有多痛苦，我也完全無法想像。因爲無法想像所以不太會有同情心。有時候我太太會說：「今天頭好痛啊。」我也只能回答：「哦，是嗎？」就像美人魚對我說：「今天我的腮和鱗片摩擦得好痛」一樣，雖然覺得很抱歉，可是自己沒經驗過的肉體疼痛、痛苦，說了也無法正確想像。所以常常被批評：「沒有同情心，」其實並不合理，要正確形容的話並不是「沒有同情心」，而是「想像力不足」。證據在於我對因牙痛和暈船而痛苦的人、前脛骨撞到椅子的人，每次都很眞心同情。

宿醉也是不太能理解的痛苦之一。我雖然不是海量，不過是個每天習慣喝一點酒的人，有時候也會像別人那樣喝醉，但很奇怪卻從來沒經驗過第二天醒來後的所謂宿醉。我不管多醉，只要照到早晨的陽光就會很快醒過來。

因爲不了解，所以常常會問朋友：「宿醉到底會有什麼感覺？」卻沒有

一個人能確切描寫或說明的。只有「總之頭很重，很痛苦，總之什麼都不想做。」這樣回答而已。雖然這麼說，可是我也不明白「頭很重」是什麼狀態，所以只好投降。就算想得到更詳細的說明，也只會落得被數落：「眞囉唆，沒有宿醉過的人是不會知道宿醉的痛苦的。」一提起宿醉時，大家的態度好像就會變得很不在乎。

前幾天我在某個地方喝了幾瓶啤酒之後，轉移到另一個地方去專喝葡萄酒，喝得相當醉才回家，就那樣睡了。第二天早晨七點左右醒來時，頭好像被薄霧籠罩著般模模糊糊。於是我忽然想到：「這是輕微的宿醉吧。」吃過東西去跑了十二公里左右回來後，那種模模糊糊的感覺也消失了。我把這件事告訴一個朋友，對方卻說：「嘿，這不算宿醉。宿醉的時候完全沒有食慾，根本就不會想要跑步。」因此，宿醉對我來說永遠是個謎。

我也不太能理解便秘、痔瘡、花粉症、神經痛、生理痛（這是當然的）、頭昏眼花、食慾不振之類的事。倒是可以理解噁心、拉肚子、牙痛、疲勞、感冒、懼高症。

不過不管能理解、不能理解，在旁邊聽著不健康的兩個人在談著不健康的事時，雖然覺得對當事人不好意思，不過我覺得還滿有趣的。至少比聽兩個健康的人在談健康的事要有趣多了。我想那一定因爲正在談話的人之間同情共鳴的質比較高吧。其中聽起來最有趣的是，痔瘡和便秘的話題，雖然本人好像覺得非常痛苦，但因爲不是會直接致命的病，所以越談到細節，啼笑皆非的悲痛感就會油然而生。雖然悲痛但很好笑，雖然好笑卻很悲痛——這是健康的身體所難以求得的感動。

小說家的知名度

有時候在酒吧櫃檯一個人喝著時，旁邊就有人在談著別人的傳言，無意間聽到這種話題也滿愉快的。有時候這傳言談的是我所認識的名人，有時候是在談他們的上司、同事、或朋友，都各有不同的趣味。最無趣的是在誇獎某人的傳言，「那個某某人哪，我覺得那傢伙眞不簡單，很有才華噢。」說到這裡我這邊也開始無聊起來，「怎麼不快點說壞話呢？」這樣期待著。「那傢伙眞傻，實在眞笨，笨得無藥可救。」如果是這樣的話，反正在講別人，所以這邊也再愉快不過了。幾年前，在橫濱一家叫「鸛」的爵士樂俱樂部喝著時，旁邊有兩個像上班族的人一直在談著眞行寺君枝，於是我照例豎起耳朵來聽著，話題突然改變，冒出「那，不是有一個作家叫村上春樹的嗎？那個人哪——」於是我後面都沒聽，急急忙忙走出那裡。爲什麼會從眞行寺君枝的話題毫無脈絡可循地跳到我的話題來呢？實在無法理解。眞傷腦筋。如果有「嗯，眞行寺君枝的事就說到這裡，來說說別的吧。」「說什麼好呢？」「來談談小說吧。」「你讀過什麼年輕小說家的東西嗎？」「這麼說來——」這樣的橋段的話，我也可以採取妥當的警戒態勢，可是像這樣從喉嚨下面立刻就接胃的話題改變方式，讓我不禁把鼻子埋進on the rock（威士忌加冰塊）的酒杯邊緣去。

走在街上非常偶然地也會有陌生人向我開口招呼，我因爲不上電視所以只限於非常偶然的程度，如果是經常上電視的人，想必就沒那麼簡單了。如果只在雜誌上登出照片的程度，看到本人時還不太會知道，但電視卻會活生生地映出眞面目，似乎很不妙。因此我不上電視。有時候有人邀我上電視，我就開玩笑地說：「如果可以穿著布偶裝上鏡頭的話可以呀。」但從來沒有人說過：「這樣也可以，請你上節目。」我想這是當然的。

幫我畫這插畫的安西水丸兄也曾經上過一次電視，聽說後來有很多後遺症。第二天電話鈴聲響個不停，很多人跟他說：「你上電視了噢！」電視這東西眞可怕。還是文藝雜誌最好。在文藝雜誌上說你寫了小說，也不會有誰打電話來。

有一次我在神宮球場的右外野觀眾席一個人一面喝著啤酒一面看養樂多隊和中日隊比賽時，一個女孩子走過來說：「村上先生，請幫我簽名好嗎？」我對來到神宮球場右外野觀眾席的女孩子大體上懷著好感，因此就說：「好啊。」

對方那個女孩子說：「嗯，可以幫我寫養樂多燕子隊加油嗎？」我還滿喜歡這種人的。

有一次我在總武線的電車上，坐在對面的女孩子也開口向我招呼過。不過我這種人這種時候會非常緊張，整個人變得很僵硬，所以聲音都出不太來，我想對她大概失禮了。而且在電車上被開口招呼，周圍的人也會盯著瞧，所以非常不好意思。不過在養樂多．中日戰那樣空蕩蕩的球場的話，我會比較輕鬆。

在赤坂的Belle Vie時尚大樓候客室長椅上，我正在鬧彆扭時（太太買東西實在買太久了）

也有人向我開口招呼。這次對方是年輕男士，他說：「村上先生，加油啊！」，我忍不住回答說：「啊，我會加油。」好像是「職業棒球新聞」的採訪似的。

順便一提，百無聊賴之下想一下，也曾在六本木被一對年輕情侶開口招呼。還有在御茶水的明治大學前面，在新宿．伊勢丹的二樓，在藤澤的西武百貨公司，在小樽的街角，各被開口招呼過一次。聽小樽的人說，我的書在北海道賣得相當好。話雖這麼說，不過在小樽車站前的商店街，竟然能認出我的臉來，眞令我相當佩服。

就這樣，試著一一算來，開始寫小說以來六年之間，在街上被不認識的人開口招呼總共是八次。大約一年有一次的比例。對於像我這種職業的人，這個「被開口招呼的頻率」數目算多還是少，自己也不太清楚。

從前我曾經住在某歌手住的大樓旁邊，他從下車到門口的大約十公尺之間，我常常目擊他全力快跑的光景。我想應該是爲了不讓歌迷逮住吧，不過連半夜一點過後，週遭完全沒有人影的時候也這樣。當一個名人，似乎不得不過著相當奇怪的人生。

穿水手服的鉛筆

前一陣子，我有事去和一個雜誌編輯見面，後來兩個人一面喝酒一面聊天時，話題自然轉到文具上去。我也非常喜歡談文具話題，像喜歡什麼原子筆，橡皮擦一定要用這個之類，拉拉雜雜地在酒店裡繼續談著，不久對方問起：「對了，村上先生平常都用多硬的鉛筆呢？」我經常都用F的鉛筆，所以就回答說：「嗯，我用F的。」那個人說：「是嗎？不過F的鉛筆，我每次都覺得，好像是穿水手服的女學生似的，你不覺得嗎？」

那時候因爲是在酒席上，所以我就以「這麼說也許是吧。世上眞有各種感覺法啊。」這樣程度笑著結束，話題立刻轉到別的方面，不過隨著時間過去，只有這件事漸漸讓我掛在心上。一開始想爲什麼F鉛筆會像穿水手服的女學生呢？越想就越想不通，頭腦開始混亂起來。而且正因爲不明白，F鉛筆看起來就開始更牢牢地像穿制服的高中女生了。這眞的很傷腦筋。最近到了每次拿起鉛筆，竟然就會想起穿水手服的女生的地步。一旦對物體產生某種印象之後，下次那印象就會反過來限定那物體，竟然會有這種現象嗎？不管怎麼樣，對我都是極困擾的現象。

如果讓這現象就那樣繼續下去的話，每次不管拿起什麼鉛筆或許性慾都會被刺激起來也不一定，因爲工作的關係，拿起鉛筆的機會很多，這麼一來，對我來說將會很麻煩。

也曾想過乾脆不再用F改用HB好了，偏偏不巧那時候我想到：「如果F是穿學生制服的高中女生的話，那麼HB豈不是穿學生制服的高中男生嗎？」這麼一來，這個也自有這個的可怕地方。我本來就不太喜歡高中女生制服的水手服和高中男生制服。水手服這東西遠看還好，靠近了看時滿髒的，並不覺得漂亮。男生學生服的髒，就更不用說了。

那麼H鉛筆又怎麼樣呢？這有點像警察（Police）搖滾樂團的史汀（Sting）的感覺。我對史汀並沒有特別惡感，不過這和感覺的好壞沒關係，但鉛筆像史汀卻非常令人受不了。覺得耳邊好像經常聽到「警察」的音樂在響似的。

比2H硬的鉛筆或比B軟的鉛筆在工作上很難用，所以結果我就只剩下「穿水手服的高中女生」和「穿學生服的高中男生」和「警察的史汀」這三種可能選擇了。爲什麼只不過是鉛筆而已，卻會陷入這麼麻煩的狀況呢？我也

不清楚，不過說起來就因爲那個編輯不該多管閒事地說出：「F鉛筆，好像是穿水手服的高中女生，你不覺得嗎？」從此以後印象就逐漸往不妙的方向膨脹下去了。因爲這樣，弄得我現在「修改」這篇原稿時都不用鉛筆，而不得不用原子筆寫了。關於原子筆，我盡量努力不去想任何事情。原子筆只是原子筆。

可是鉛筆這東西眞是相當可愛的筆記用具。最近由於自動鉛筆性能飛躍進步的結果，難怪其他鉛筆在文具界所占的地位稍微下降，不過雖然如此，鉛筆還是有吸引人——至少我——心的地方。要說單純眞的是很單純的產品，不過仔細注視鉛筆時，可以看出其中含有無數的謎和睿智。我想最初製造出鉛筆的人一定經過許多辛勞。我常常對發明竹輪包起士的人深感敬畏，然而製造鉛筆比竹輪包起士無論創意或技術都要複雜多了。

我在做原稿細部「修改」時，大體都用鉛筆。雖然自動鉛筆也很方便，所以我常常用，不過從摸起來的觸感和書寫感覺來說，還是極普通的鉛筆更適合工作上使用。早上削好一打鉛筆，事先插在on the rock用的玻璃杯裡，再順序拿來用。所以——話說回來——如果鉛筆看起來像穿水手服的女生，就非常困擾了。

「接下來，嗯，要把妳用掉了噢。」

「哇——不要！騙人！」

這樣一個人自言自語一番，工作一點都沒有進展，眞像個傻瓜。

托新潮社編輯鈴木力的福，把我害得慘兮兮的，不過他喝醉了完全不記得自己說過什麼，還說：「咦，我說過這種話嗎？爲什麼F鉛筆會像女學生呢？」這樣問，我也傷腦筋。

「火奴魯魯電影院」①

我在皮箱裡裝了十五包涼麵的乾麵條來到夏威夷。這是任何旅遊書上都不會寫的——我想大概不會寫——在夏威夷吃的涼麵實在美味。到夏威夷長住的人一定要記得帶涼麵條來。

就這樣，我現在已經在火奴魯魯悠閒地休養了一個月左右。如果要說現在還去什麼夏威夷，那我也沒話說，不過在海灘躺一整天，愛游多久就盡情游，晚上去喝喝酒或看看電影，除此之外別無所求的話，沒有比夏威夷更輕鬆的地方。再加上涼麵的話，眞可以說是perfect了。

當地現在口碑最好的電影，說起來就是朗．霍華（Ron Howard）導演的《魔繭》（Cocoon），戲院平常已經很擁擠了。Cocoon是繭的意思，爲什麼會用這樣的片名呢？說明起來會很無聊就不說了。電影描寫佛羅里達一家高級養老院，幾個在這裡悠閒（但相當寂寞）度過餘生的老人，和來到這裡的外星人相遇所發生的溫馨感人故事——這是大概內容，可能有人會想，原來和《E. T.》

一模一樣嘛。沒錯，眞的一模一樣。我周圍的美國觀眾都在暗暗飲泣，連這種地方都和《E. T.》很像。就像同樣是朗·霍華導演的賣座名片《美人魚》和《E. T.》混合起來的電影，這種形容似乎比較接近。

不過《E. T.》是以小孩爲主角，相對的，《魔繭》卻以垂垂老矣的老人爲主角。因此這部電影的觀點可能要比《E. T.》來得更曲折一點。演出老人們角色的資深演員演技也很有看頭，尤其唐·阿梅奇（Don Ameche）跳霹靂舞的一幕非常受歡迎。說到朗·霍華，就是在《美國風情畫》（American Graffiti）中飾演有點不可靠的好學生那個男孩，但以導演功力來說卻相當不簡單。《美人魚》在日本雖然不太受重視，但這部《魔繭》卻是氣氛相當好的電影，所以希望在日本也能受歡迎。不過這種幾乎只有老人和外星人出場的電影，如果是在日本的電影公司，在企畫階段可能就被封殺掉，不會發製作許可吧？

如果這部《魔繭》是一部開朗而積極的外星人電影的話，那麼導演陶比·胡波（Tobe Hooper）的新作《崩裂的地球》就是一部黑暗消極的外星人電影。原作是威爾森（Colin Henry Wilson），因爲沒讀過小說沒辦法比較。簡單說，就像把《異形》、《殭屍》、《魔鬼剋星》放在一起，以陶比·胡波所熟悉的怪異取向加味的作品，如果不喜歡這種片子的人還是別看爲妙。我還滿喜

歡這種片子的，看得相當愉快，不過感覺有點冗長，看到中間就開始無聊起來了。胡波的味道在於擅長運用低成本電影花俏粗俗的惡趣味上，可是要對付像這樣的大片卻好像有點辛苦。不過雖然如此還是執著地以惡趣味繼續衝，這點我覺得很偉大。觀眾稀稀落落的。

約翰．布爾曼（John Boorman）的《翡翠森林》（The Emerald Forest）也因爲是首映第一天，觀眾相當多。事前宣傳是「根據眞實故事」，不過劇情實在太完美了，到底「根據事實」到什麼程度，並不清楚。以經驗來說，沒有比所謂「根據眞實故事」的好萊塢電影更可疑的了。故事敘述一個兒子被擄走的父親，花了十年時間在亞馬遜叢林中的原住民間持續尋找兒子的下落。布爾曼一流的原始樸素暴力性隨處散發，魅力四射。本來故事的發展實在太流暢了，讓人中途開始覺得「怎麼搞的？」後半段則變得匆匆忙忙。說到布爾曼，無論如何都要提到《步步驚魂》、《漂流四勇士》、《石中劍》這三部最棒，我也最喜歡，其他的則稍微差一點。食人族全都步調一致地在叢林中「嗚喝、嗚喝、嗚喝」地踏步走，像泰山電影那樣眞有趣。布爾曼這個人到底在想什麼，他令人難以捉摸的地方還滿可怕的。

不過關於不知道導演在想什麼這一點，導演《兩個大太陽》的李察・費利雪（Richard Fleischer）可能比較高明。這是勞勃・霍華（Robert Ervin Howard）繼《蠻王科南》（Conan the Great）、《毀滅者科南》（Conan the Destroyer）的系列作品的第三部。每推出一部聲勢就降低一些。我個人非常喜歡這類電影，自己覺得是懷著相當善意在看的，雖然如此還是覺得《兩個大太陽》實在有點糟糕。在《魔鬼終結者》中大獲好評的阿諾・史瓦辛格，在《兩個大太陽》中也完全不精采。當然觀眾席並不起勁，沒有人鼓掌。霍華的原作中有太多更刺激更狂野的東西可以拍，我實在眞不明白費利雪爲什麼非要拍像這樣平凡而無聊的片子？

下週來談談《蒼白騎士》和《四大漢》這兩部很有意思的西部片。

COMING SOON!

「火奴魯魯電影院」②

繼續上週再來談談電影。克林．伊斯威特的《蒼白騎士》因爲是久違的西部大片所以深受業界矚目，果然首映第一週就躍上賣座冠軍。克林．伊斯威特的聲望果眞不同凡響。觀眾席的反應熱烈活潑，作品也拍得相當不錯。故事大概和《原野奇俠》類似，這麼說，《原野奇俠》的影迷就會喜歡《蒼白騎士》嗎？我想應該不會。

《原野奇俠》和《蒼白騎士》只有故事相似，內容卻明顯不同，有這樣奇怪的相對關係。《原野奇俠》的亞倫．賴德散發著戰後民主主義的（這當然是從日本看事情的觀點說的）道德主義，相對的，克林．伊斯威特則演出超自然的無機的強壯男性角色，粗壯的肌肉相當有趣。很多影評對《蒼白騎士》也報導得很有善意，以「克林．伊斯威特在這個領域的洗練度一部比一部提高」，或「過去十年間成就最高的優良西部片」之類意見爲主流。攝影照例由布魯斯．沙提斯（Bruce Surtees）掌鏡，但影像沒有像《黑色手銬》（Tightrope）的時候那樣極端黑暗。克林．伊斯威特的電影在紐約不受歡迎已經是定論了，這次因爲內容充實而獲得好評，在紐約東區大受歡迎。

同樣男性肌肉電影中，《藍波2》卻被影評人批評得體無完膚，雖然如此依然創下一億美元的票房，成爲今年夏天爆炸性大製作的最賣座影片。據說雷根總統看過這部電影之後說：「下次如果發生人質被挾持事件時，美國應該採取什麼方法已經決定了。」報上刊登手拿火箭砲的雷根總統漫畫，標題寫著「雷根波2」。一般美國人對貝魯特事件所抱持的挫折感遠比我們所想像的強烈。在這層意義上，本片公開上映可以說時機正好。

很多影評人對這部作品含有右翼政治訊息而感到生理上的不快。連史特龍自己都說：「如果再戰爭一次的話，我們會勝。」所以確實不太簡單。那麼史特龍在越戰的時候到底在做什麼呢？有一家報紙提出這樣尖銳的問題。根據這家報紙報導，他出生在富裕家庭，每天練舉重（他母親經營健身房），十九歲的時候進入瑞士一家有錢人的小孩聚集的美國學院，在那裡擔任女學生的臨時體操教練，後來進入邁阿密大學戲劇系。而在那之間越戰就結束了。這樣的男人有資格說要再來一次越戰嗎？這是一位專欄作家的意見。暫且不提這個，我覺得作品本身相當平凡，並沒有什麼值得評論的地方。

以西部片來說，在《蒼白騎士》的一星期後首映的，勞倫斯·卡斯丹（Lawrence Kasdan）製片、導演、編劇的《四大漢》眞是一部拍得很好的西部片，以我的偏好來說，這比《蒼白騎士》要有趣好幾級。簡單說，把過去賣座的西部片有趣的地方全部集合起來，以《星際大戰》、《法櫃奇兵》的魄力和衝勁把你一直繼續吸引進去，那樣的作品，「你看！你看！」之間，兩小時一下就過去了。眞不愧是勞倫斯·卡斯丹，眞了不起！故事本身是所謂「經常有的事情」，不過無論導演也好、攝影也好都細膩而新鮮得讓你陶醉的地步，沒有一個部分讓你感到無聊。演員角色的安排也絕妙。報上盛大讚美：「如果這部電影不能讓西部片復活的話，以後任何片子都不可能辦到了。」我也有同感。

史帝芬·史匹柏製作編劇的《七寶奇謀》令我完全期待落空。空轉的方式很像正在失去活力那時期的迪士尼電影。史匹柏在這前後如果還不稍微加把勁的話，觀眾可能會開始厭煩。

根據報上的報導，今年夏季的電影相當slow（賣座不好），這麼說來去年夏天我在美國的一個半月也看了很多電影，相較之下今年的作品就不太有活力了。能盡情享樂的只有《四大漢》，而且也不是電影院擠得水洩不通的賣座程

雷根波☆
2
這種歷史劇
以前有嗎？

度。

去年有《魔鬼剋星》、《小精靈》、《小子難纏》，至少有一連串讓電影院賣座的作品。美國人說：「去年夏天又有奧林匹克世運會，又有麥可．傑克遜的巡迴演唱會，還有總統大選，有這些相乘效果的巧妙作用，今年卻是節慶過後的關係。」不只是電影而已，今年美國夏天整體都相當slow。

說到slow，我的衝浪技術也相當slow。我買了二手衝浪板，每天都出海去，卻無法像本地少年那樣順利搭上浪頭。被海浪搖晃過度了，正在寫這篇稿子的現在，甚至還覺得身體搖搖晃晃的。跟鵠沼海岸的浪情況好像相當不同。請教海浪的權威安西水丸兄，他說：「你沒有好好盯著看海浪一個月左右的話是搭不上浪頭的。」盯著海浪看一個月的話，暑假就過完了。

中年是什麼？ 之①「掉髮」

前幾天週刊打電話來，希望在「我的二十歲代」篇幅中介紹我，順便向我借一張二十幾歲時拍的照片。我以前不太喜歡拍照（現在也還不怎麼喜歡），說起來幾乎沒有二十幾歲的照片，不過還是找到五、六張。

可是看了這十年左右以前的照片發現的是，我現在的頭髮確實比二十幾歲的時候濃密。剛開始我以爲是髮型不同的關係，再重看幾次都絕對是現在的頭髮量增加了。感覺成撮成撮的，密度也濃。去理髮廳的次數也比以前增加。眞不可思議。幾乎沒聽過年紀增加、頭髮反而變多的情況。

我太太只簡單說：「是不是比以前不用腦筋，比較沒壓力的關係呢？」再怎麼說寫的是輕鬆隨性的小說，不過小說畢竟還是要用腦筋，一用腦，壓力自然會增加。還有文壇、業界、稅金、貸款之類的，已經不是小說家能望著庭園的麻雀就說「春天到了」的時代。不希望拿簡單的一句：「因爲不用腦筋，」就把我解決掉。我也是很辛苦的。只是辛苦沒有反映在外表而已。

話說回來，仔細想想，我的頭髮開始增加，確實是從當專業作家以後。那麼當了專業作家之後我的生活有什麼改變，有必要總括起來看看。這樣的話，我頭髮增加的祕密應該自然就可以解開了。我試著把幾個改變列出來看看。

(1)離開東京住到郊外。
(2)極端減少和人見面。
(3)開始早睡早起。
(4)三餐確實吃好，開始自己做菜。
(5)開始每天運動。
(6)應酬酒大為減少。

就這樣。當然我想頭髮會變多變少有很多原因，不能一概而論，只是我的情況似乎可以說因為有了這樣的生活改變，所以帶來良好的毛髮狀況。反過來說，也許也可以說因為我並沒有寫小說寫到嘔心瀝血的地步也不一定。

有一段時期——大約五年前——頭髮曾經變得相當薄。那時候工作上有很多波波折折（現在光想起來就很累），因此掉了很多頭髮。在浴室洗頭的時候，愕然發現地上排水口經常纏滿大量掉落的頭髮。

我的頭髮本來就算多，所以剛開始並沒放在心上，後來洗完澡站在鏡子

山田友廣
（高中時代棒球社投手四號）
討厭，山田怎麼了？開始禿頭了
真的
山田好久不見
山川高中同學會
大友久
（在班上總是第一名）

前面，發現頭髮之間開始稍微看得見頭皮了。然後不知不覺間周圍的人開始說：「你的頭髮是不是稍微變薄了？」到了這個地步我也相當注意起頭髮來，開始改變髮型，用養毛整髮液拼命按摩頭皮。說起來，掉髮或勃起不全（後者現在還跟我沒關係），不像減肥和戒菸那樣只要自己努力還可以多少有用，因此當事者的心情會相當黑暗。

但說起來別人是很殘酷的，你越在意，別人越不放過你：「沒問題啦，最近有很好的假髮，」或「春樹兄，禿頭就禿頭也很可愛呀。」如果是像一隻耳朵被切掉的情況，也許大家會同情你，也不會當面取笑你，但掉頭髮並沒有伴隨具體的痛苦，所以大家幾乎不會認眞同情你。尤其年經女孩子不用害怕自己會變禿，所以對這方面都相當天眞。什麼「好討厭，眞的變薄了。嘿，讓我看一看。看得見頭皮。哎呀，眞討厭。」眞叫你哭笑不得。

不過幸虧，隨著包圍我的痲煩和不快狀況改善之後，我的掉髮量也漸漸減少，兩三個月過去之後，頭髮完全恢復原來的狀態。從此以後我再也沒有注意過頭髮的事情。雖然或許什麼時候又因爲被捲入巨大痲煩，而再開始掉頭髮也不一定，不過在那之前還是不要爲了一點小事就耿耿於懷，我想不要接過多工作，只要悠閒過日子就好了。

中年是什麼？ 之②「肥胖」

上週寫過掉頭髮，這次來寫肥胖。因爲是不太明朗的話題，所以不想讀的人不讀也沒關係。

中年以後（我三十六歲了，因此不管喜不喜歡都算屬於前中年的族群）最傷腦筋的是，如果不管自己的話就會漸漸胖起來。二十幾歲時不管怎麼吃、怎麼喝，體重機指針都從來不會超出六十公斤的線，可是最近稍微疏忽一點，轉眼間就達到六十五公斤，讓你愕然心驚。年紀大了之後，「愕然」的經驗好像與日俱增的樣子。眞傷腦筋。

如果有一段時日專注在寫長篇小說的話，就會覺得時間可惜而停止慢跑，因此今年二月我的體重終於踏進六十六公斤這樣的未知領域。由於運動不足加上工作的緊張感，導致暴飲過食，會胖也是理所當然的。體重到達這個程度之後，身體實在很重，而且要把身體塞進29腰的長褲也開始覺得很難過。因此三個月持續減肥再減肥的結果，體重終於成功地掉回五十九公斤。我希望能再稍微努力一下，掉到五十八公斤附近後再好好固定下來。我的身高是一六八公分，所以這樣可以過最舒服的美好生活。依我的經驗來說，一個月要減兩公斤並不需要太努力，雖然如此，「要胖容易，要瘦很難」的原則還是不變的。換句話說就是「要達到肥胖的路程很快樂，要達到消瘦的路程卻很險惡」。

本來這跟體質也有關係，並不是大家一到中年就會胖起來。例如安西水丸兄就是比我大一輪（或半輪）的中年。可是經常還那麼瘦，眞叫人羨慕。其次我內人也是絕對不會胖的體質。

我覺得會胖不會胖的體質，跟遺傳似乎相當有關。這種事情，在出席喪禮或婚宴等親戚齊聚一堂的聚會，環視周圍一圈時，眞的最可以一目了然。以我的情況來說，我家親戚雖然不至於胖，不過體型豐滿的人比較多，我內人的親戚卻大多是瘦的。所以我每次偶爾去參加法事時就會想到：「看樣子不耐著性子持續努力的話麻煩就大了。」於是重新下決心努力塑身。松本清張以前的短篇中有一個因爲小指頭短而造成命運坎坷的一族的故事，我最近非常能理解這種人的心情。所謂人生，本質上就是不公平、不平等的。有一種人如果不努力就沒辦法得到的東西，另一種人不需要努力卻可以得到，我覺得這不外就是不公平、不平等了。寫這種事情會漸漸生起氣來。不過反過來說——不好意

在喪禮或婚禮時
親戚齊聚一堂
仔細看看
很有趣
類型不同啊！

思——內人的家族因癌症而過世的人很多，相較之下，我們家族幾乎沒有因爲癌症而過世的人。我不知道肥胖和癌症有沒有連帶關係，但如此這般，所謂家族是相當有深意的東西。我偶爾被邀請參加婚禮，看到會場左右兩邊分別排列著雙方的親戚時，會一一觀察他們的容貌和體型來消磨時間。如果有這種機會的話請務必試著觀察一次看看。絕對很有趣。

不過世上好像有很多人爲了肥胖而煩惱的樣子，到書店一看，整排都是減肥書，其中很多還是暢銷書。我也拿起幾本來看，不過以我的感覺來說，卻沒有任何一本讓我覺得「就是這本！」的。讀了三本的話，就有三種分別不同的減肥方法，有太多主張是相反的。也有一些很極端的主張。目前還沒研究出怎樣吃才會消瘦的營養學，我想依賴太偏激的療法對有些人來說危險性很大。

我這個人愛鑽牛角尖，像節食和塑身等事情我都研究過，得出的結論是：「就像人各有不同長相和性格一樣，每個人的肥胖法也各有不同，沒有一種減肥法是萬人適用的。」所以每個人只能配合自己的體質、飲食習慣、職業和收入，找出適合自己的方法。我想如果能像美國的心理醫師那樣，有權威的營養醫師，「嗯，嗯」地聽完個人的情況，就配合那個人開出塑身程式來是最理想的，不過可能沒辦法進步得這麼快。現在只能暫時用用五花八門的節食書應付過去。

不管怎麼說，在法國餐廳吃晚餐卻不能吃甜點的不甘心、不愉快，您不覺得眞是「一筆難盡」嗎？

學習

我想世上可以大致分爲「喜歡並擅長教人事情的人」和「喜歡並擅長向人學習事情的人」。當然可能也有兩者都擅長的人，或兩者都不擅長的人，不過大致說來，應該可以分爲前面兩種。

我說起來算是「喜歡向人學習」的類型，完全不擅長教人事情。所以每次有人邀請我演講或文化教室請我擔任「小說創作講座」的講師，我都婉拒了。世上有什麼不幸的事嗎？沒有比不擅長教人的人卻被放在教人的立場更不幸的了。光想到被我教過小說創作法的人以後到底要寫什麼樣的小說，頭就大了。教的人可能很不幸，不過被教的人也相當不幸。

美國大學裡有所謂「創作課」（creative course），請作家教學生寫小說的方法。我並沒有親眼看到，所以沒辦法正確說明，大概是有十個左右的學生一星期上一次課發表自己所寫的短篇小說，然後大家針對這個討論。擔任教師的作家則檢查學生的作品，提出修改建議。

這種系統的好處在於，學生可以接觸專業作家，得到實戰建議，而作家則可以得到安定的收入。因爲作爲教師的工作量不太多，作家可以把多餘的時間用在自己的創作上。這種系統以教育手段來說，我無法判斷有多少效果。不過，我想日本的大學也不妨稍微引進一點這種課程。雖然我實在不行，不過如果能把擅長教人的作家，和擅長學習的學生結合起來，應該可以產生一些效果。所謂「在大學教室怎麼可能學到小說的寫法？」這種意見我想也是一面之詞而已。人——尤其是年輕人——是從所有的地方分別學到一些東西的，如果那地方是大學的教室也一點都不妨礙。

其實我不太喜歡學校這地方，以前也沒有好好用功，算是反抗心相當強的學生。初中的記憶，只記得被老師打的事，高中時代在打麻將，以及和女孩子到處玩之間三年就過去了，上大學後又碰到校園紛爭，告一段落後又在在學中結婚，後來被生活所逼，仔細想想完全不記得有好好靜下來下工夫學習過。尤其在早稻田大學文學部雖然上了七年——這點可以很有自信地說——卻沒有學到任何事情。在早稻田大學所得到的，說起來只有現在的內人，不過總不能說因爲找到太太了所以就能證明早稻田大學身爲教育機關的優秀性。

我喜歡被教是在離開大學，所謂成爲「社會人」之後。或許因爲學生時代

玩過頭的關係，或許我的性格不適合學校這種制度，或許我是個能從自動自發做什麼事中找出價值的類型。於是在工作之餘找到時間就一點一滴地翻譯自己所喜歡的英語小說，向認識的人學習法語，開始過這樣的生活。不只這樣，在工作場所也刻意觀察週圍人的行動，很努力地注意聽各種人的談話。

聽別人說話是一件相當有趣的事情。世界上有各種人，有各種想法。其中有些讓你佩服「原來如此」的意見，有些是完全無意義的愚蠢想法。不過即使是無意義而愚蠢的想法，仔細聽起來，就知道從各別不同的價值基準上也能確實成立。不管怎麼樣，如果這邊退後一步表示出願意洗耳恭聽的態度的話，大多的人都會相當坦白地把心中的話說出來。當時想都沒想過後來會寫小說，不過這種學習體驗對後來寫小說非常有用。這是大學裡不會教的事情之一。

我這樣想，年輕時候太用功的話，長大後可能會產生所謂「用功減少」或「用功狂」的現象吧？

所謂「用功減少」是指學生時代一味用功、可是出社會之後卻只會躺著看電視的類型，而所謂「用功狂」則是指如果不用功學什麼的話就會不安的類型。

不過這反正是別人的生活方式，怎麼樣都無所謂，我個人還滿喜歡小時候好好玩過的人。安西水丸從畫風來看，我推測他少年時代可能過著相當悠閒的生活，不知道是不是？

音響、義大利麵

偶爾看報紙或雜誌時，可以看到發現了什麼或發明了什麼，很多東西的報導。其中有些讓人佩服：「哦」，也有些讓你搞不懂到底是什麼意思。例如說：「東京大學理學部的××博士把日本猴的腦下垂體藉著電的處理而成功做到階層化」——這當然是胡扯的例子——完全無法理解到底是什麼意思。

不過就算可以感覺到「哦」很佩服的那種例子，也完全無法理解那是基於什麼原理，經過什麼階段而成立的。我的化學和物理向來就非常弱。

這些發明或發現是因爲：

①產生某種需要，

②爲了滿足那需要而做了該做的理論上的考察或嘗試錯誤，

③終於發明或發現。

但就算勉強能夠理解①和③，但②的部分實在太難了還是不太明白。所以就在①有這種需要、②莫名其妙、③做出這種東西——這種程度的認識下一切就結束了。換句話說以錄影帶爲例來說就像：

①影像如果能簡單錄下來就方便了，

②莫名其妙，

③錄影帶做出來了。

至於錄影帶是以什麼原理成立的，我就完全無法說明了。但在日常生活中我可以毫無障礙地充分使用錄影帶，而且相當珍惜。至於瓦特的蒸汽機或馬克尼的電信裝置或萊特兄弟的飛機，原理我也可以勉強理解，不過接下來的技術問題，對我來說就幾乎全部沉到黑暗裡去了。

然而處在這種狀態的我——絕對不是在隨便尋求夥伴——相信一定不只我一個人。例如大家日常所使用的兩三千圓就買得起的袖珍型計算機也一樣，爲什麼那麼小的東西竟然可以計算出$\sqrt{13}\times\sqrt{272}$的結果呢？一定沒有多少人能說明吧。我推測世上的一般人可能也和我一樣認爲「這個就是因爲這樣」，而在用著計算機的。

這樣看來，我們在技術上或許是被安置於絕對君主體制下。有一天發明或發現會突然像「告示」一樣，從天而降，大家可能會紛紛鬧著：「這是什麼東東啊？」或「搞不清楚啊。」雖然如此還是想：「既然是老爺說的應該不會錯

吧，」而乖乖順從了。我想至少在技術上，所謂民主這東西已經完全終結了。

我現在在家使用兩台電唱機、三台音響、一台FM收音機、兩台錄放影機、一台雷射影碟放映機。因此每天簡直像在地獄一樣。首先把三台音響和錄音帶選帶機連接、錄放影機和雷射影碟放映機和選片機連接、然後把選片機接上收音機的輸出端，以便可以錄立體音效。又爲了讓立體音效和音響中的錄音帶可以同步，而把選片機的輸出端接到錄音帶選帶機上。然後正在想要不要把收音機的電源插進音響定時器……，中途已經開始搞不清楚什麼是什麼了。例如「聽唱片時，也可能把FM廣播錄到錄放影機中，同時又可以同步複製到錄音帶上嗎？」如果這樣問我的話，我還要想一下結論才能出來，而且得出的結論往往還是錯的。就算一直盯著配線的備忘紙，頭腦還是一團混亂。我太太從一開始就放棄做這方面的努力，碰都不碰我的音響設備。

最傷腦筋的是搬家的時候，光要把機器排列出來重新配線就成爲一整天的工作。「嗯，這個輸出線要插入那邊的輸入插頭……」這樣做著之間，卻漸漸開始被「我幹嘛非這樣做不可？」的絕望氣氛所籠罩。在高中時代組音響的時候，世界還很單純。只要把電唱機、喇叭、和主機（有這樣的東西）接起來一切就ＯＫ，然後就可以悠閒地聽音樂了。而現在卻不得不和像地板上弄翻了五人份義大利麵那麼多的配線惡戰苦鬥。這不叫民主主義之死，該叫什麼呢？

談錯誤

自從開始以寫作爲業之後，最痛切感覺到的事情是「人一定會犯錯」。當然開始寫作以前，日常也經常犯各種錯誤，所以事到如今似乎也沒有必要爲了這種事重新感到痛切，只是在寫作以前大多的錯誤都可以用「啊，對不起，我錯了」來解決。對方也以「眞沒辦法」了事。

然而寫作以後，錯誤卻會確實留下來，而且這錯誤也會廣泛地傳開。就算知道錯了，也不能一一去向讀者說：「啊，對不起，我錯了」這種事雖然是自找的，卻也相當 這樣說有點不好意思——我想我對別人的錯誤和失敗算是相當寬大爲懷的。首先就不會挑出別人的失言然後怪罪道：「嘿，你那時候這樣說過對嗎?怎麼樣，不是嗎？」幸虧這樣，這十四年來總算過著還算平穩的夫妻生活。

文章上的錯誤最成問題的是翻譯。因爲有原文可以對照，所以語文能力比我強的人，只要對照原文和譯文，細微的錯誤要找多少都找得到。

前幾天葛飾區的森下先生寄明信片給我，指出：「你的譯文中把 a couple of weeks 譯成『兩天』，這不是『兩週』的誤譯嗎？」這確實任誰怎麼說都是我的錯。我覺得很抱歉。還有說出來很羞恥，不過我也曾經把“twenty one”譯成“31”。把“bald”譯錯成“bold”過。如果要問爲什麼會發生這樣的錯呢？我也完全不清楚。學生時代我的考卷上曾經好多次被老師寫過：「太多無謂的小錯誤了，請重新仔細檢查看看。」這種性向即使年齡增長好像也很難改的樣子。

不過——這樣寫好像在替自己辯解似的，很抱歉——希望您能了解，有時候要正確翻譯出一篇文章、一個單字，都要唸唸有詞地推敲一整天。而且這要命的難譯部分總算通過了，好不容易來到容易的地方時，卻因爲一時放鬆下來，往往造成疏忽的過錯。當然事後還會重新對照讀幾次原文和譯文，不過因爲腦子裡有「這種地方不可能錯」的想法，因此檢查幾次都無法發現錯誤。眞傷腦筋。越想就越冒冷汗。

其實不用等別人指出，自己對自己所犯的誤譯，有時候事後也會忽然發現。夜裡蓋上棉被關了燈後，恍惚間才想起：「啊，不對，那裡錯了！」而猛跳起來。這種情況與其稱爲粗心大意之錯，不如說是更重大的錯，因此比前者流的冷汗量更多。不過這姑且不提，我也想過如果把我所犯的多數粗心大意

的錯收集起來，試做病理分析的話，或許會是相當有趣的研究。不只限於文章，我在日常生活的所有層面都一面犯著難以相信的錯一面活著。例如心裡想著：「去小便吧，」打算去廁所卻走進浴室去沖澡，然後回到房間才想到：「咦，奇怪，又想小便了。我身體是不是怎麼了？」日常生活中這種可疑怪事真是家常便飯。相較之下把"twenty one"譯成"31"似乎也不能一概說是太離譜了。我想幸虧我沒有當上時刻表或電話簿的編輯。

不只限於翻譯，我在寫自己的文章時也常常犯下嚴重錯誤。

不過因爲我寫的文章不是運用資料展開論戰的類型，也不寫紀實小說或非小說類的東西，因此不會傷害到任何人，因此大多的錯和事實的誤認就一笑置之了。

前幾天，我收到昭島市的岡村先生這樣的來信，告訴我某雜誌上登出讀者投書說村上先生小說中出現「福斯車的散熱器」的形容法有點奇怪，不知道我是否知道。雖然我不太懂汽車，不過我問了別人之後，發現確實VW Beetle福斯的金龜車好像沒有散熱器的樣子。是我錯了。

可是我就因此低頭道歉了嗎？並沒有，我還是笑一笑應付過去。爲什麼呢？因爲這是小說。小說的世界中不管火星人在天空飛，大象縮小成可以放在手掌上，或VW Beetle車有散熱器，貝多芬作第十一號交響曲，都一點也不妨礙。反過來說，只要想成：「啊，對了，這是VW Beetle福斯金龜車有散熱器的世界的故事啊！」讀著小說，我就非常高興了。

即使這樣還是無法忍受錯誤的認眞的人，近日出版的《1973年的彈珠玩具》英語版*PINBALL, 1973*這個地方已經確實改過了，請讀看看——這樣確實宣傳一番。

「夏天的結束」

夏天終於要結束了。我是最喜歡夏天的少年‧歐吉桑（最近我常常以自嘲意味使用這種形容法），因此夏天結束時，就會覺得相當悲哀。雖然告訴自己夏天明年還會來臨，不過看到海邊的臨時房子拆掉了，紅蜻蜓在天空飛舞，海邊穿起 wet suit（輕便保暖潛水服）的衝浪者身影增加時，就忍不住想到好事都已經結束了。這種想法和小孩子幾乎沒有兩樣。

前幾天到附近一位在廣告公司上班的朋友家玩時，太太出來說：「對不起，夏天的休假結束，他今天開始去上班了。」這麼說來，「對了，夏天結束了大家都回到社會去了。現在還在游泳、做日光浴、玩煙火、聽海灘男孩、衝浪、到處晃著玩的只有我啊。」開始難過起來。其實我也有九月初必須結束的小說工作，卻一行也還沒寫。我想，這樣可以嗎？夏天的結束，說起來眞是相當難過的事。

於是我說：「工作眞辛苦啊，」那位太太就說：「是啊，他出門的時候還說眞討厭穿長褲，猛抱怨一番。」這種人的心情，我太清楚到痛心的程度。夏天說起來原則上應該是一面穿著短褲、汗衫、喝著啤酒，一面過的季節。我在這兩個半月裡也只穿過一次長褲而已。想到他夏天休假結束，不得不再穿長褲的心情時，雖然是別人的事還是覺得非常可憐。我想這樣悶熱的國家，公司應該准許大家穿短褲上班。既然有那樣難看的省能源西裝存在，上班族穿短褲上班又有什麼問題？

我這樣說時，另一位上班的朋友就說：「穿短褲上班？公司不可能准許的。」他驚訝地說：「我整個夏天都穿長袖襯衫呢。因爲連曬太陽都不能曬。」

他從今年春天開始擔任產物保險公司的客服人員。既然是客服所以規定一定要穿長袖我不是不能了解，不過說到曬太陽云云我就不太能理解了。我因爲從來沒有上過班，所以眞的不知道公司的結構和組成方式。

「不是要去跟客戶見面嗎？」他說明給我聽：「那時候如果我這邊曬黑的話，有的顧客就會這樣想，這個傢伙用我們所繳的保險費到處玩。如果讓顧客反感的話，我們的生意就做不成了，所以不能曬太陽。我不是很胖嗎？結果就有人諷刺說：『你們賺太多太多錢了，每天都吃好東西，所以才會這麼胖吧。』眞傷腦筋。我這個人吃什麼都會胖啊。」

聽了各種人的話之後，發現大家都很辛苦，不免感到同情。這個人去年爲止還駕著遊艇，到處玩浮潛，曬得黑黑亮亮的，因此加倍可憐。人隨著越長大之後，夏天的樂趣似乎就越減少了。

我小時候，家住甲子園球場附近，因此一到夏天就常常騎腳踏車去看高中棒球賽。因爲高中棒球賽的外野席是免費的，對小孩來說那簡直像天堂一樣。一面舔一舔放在塑膠袋裡的碎冰塊，用吸管吸一吸融解中的冰水，或把冰袋放在頭上冰，一面一整天都看不膩地看著棒球賽。在電視上看高中棒球賽，有的解說囉囉嗦嗦的可有可無，有的播音員自己一個人興奮地報著，相當掃興，實際上到球場現場觀戰的感覺眞是相當棒。我覺得電視上的高中棒球令人不快，所以都不看，如果是甲子園的話我倒願意再去看一次。尤其在外野席，周圍的座位比較冷清可以比較隨意，只有「遠遠的高中生正在啪啪地打著球」這種感覺。旁邊完全看不到什麼青春啦、汗水啦、眼淚之類的。至少對我來說，所謂高中棒球就是這樣的東西。

高中棒球的冠亞軍賽結束，閉幕典禮結束，啦啦隊收起旗子陸陸續續回家去後，小孩心中也覺得夏天已經告一段落了。不知道爲什麼，閉幕典禮結束後走出球場外時，每次頭上都飛舞著成群的紅蜻蜓。那對少年時代的我來說，就是夏天的結束了。到了這個時候，無論甲子園的海邊或蘆屋的海邊都不太能游泳了，暑假作業也不能不眞正收起心來開始認眞寫了。所有的好事全都結束了。

我常常會想，爲什麼這麼喜歡夏天呢？自己都覺得很不可思議，到現在還不太清楚原因。

全國性報紙上幾乎很少刊登高中棒球比賽的報導，我想不妨有一家報紙報導吧。如果有這樣的報紙我願意訂閱。

廢物堆積如山

雖然我想我對東西並沒有特別強烈的執著心，也不太有什麼收集癖，不過放著不管的話，身邊還是會有各種東西逐漸增加。唱片啦、書啦、錄音帶啦、說明書啦，其他像文件、照片、鐘錶、雨傘、原子筆之類的。有些東西會增加是有它的必然性而增加的，有些東西沒有任何必然性也增加。這些東西無論有沒有必然性都會自動增加，我甚至想，以我們有限的力量幾乎不可能阻止那樣的趨勢。

這種不用的廢物自然增加的傾向，在年輕時候還不太明顯，人生越過某一點之後，卻突然以明確的形式出現在我們面前。總之不管你喜不喜歡，身邊的東西都會一直繼續增加。有些是人家給的東西，有些是自己花錢買的東西。也有些想不起是人家送的還是買的東西。有些有點用處，有些幾乎沒有任何用處。不過這些東西圍繞在我身邊卻有一個共通的特質。那就是「無法簡單丟棄」的特質。

例如我家總共有五十支左右的原子筆。不過如果有人問我：「為什麼會有五十支之多的原子筆呢？」我一時也答不上來。我在工作上並不用原子筆，在工作以外的日常生活中就算用，也只限於在手冊上記記東西，或在用信用卡時簽個名而已。因此幾乎不記得在文具店有特別刻意買過原子筆。儘管如此，原子筆還是會不斷增加。而且每一支原子筆油墨都只減少一公分或兩公分而已。這麼一來我也只能認定「原子筆這東西是會自己隨意增殖地增加的東西。」而不得不放棄。

話雖如此，當然正確說原子筆是不會自己增殖的（如果會的話，根據孟德爾遺傳法則〔Mendelism〕應該就會出現紅藍混合或藍黑混合的原子筆了），仔細想一想就知道那些會增加確實有幾個增加的原因。有些是贈送的紀念品、有些是人家忘記的、有些是從旅行途中住宿飯店帶回來紀念的，有些是外出時發現忘記帶筆而在車站書報攤臨時買來用的（因為很便宜）。經過這樣的路程，五十支原子筆便像夜晚下的雪一般靜靜地在我家堆積起來。每次搬家時，面對整把原子筆，我就打心底感到厭煩。五十支原子筆我可能一輩子都用不完。

那麼不必要的原子筆既然礙事，就乾脆丟掉吧，卻不行。要把還有油墨，還能使用的原子筆丟進垃圾桶，就像用礦泉水刷牙一樣是需要勇氣的行為。因

此不管搬過幾次家，原子筆的數量都絕對不會減少。有時試著一支支檢查看看，期待「可能有的油墨乾掉不能寫了」，但最近的原子筆也許因爲品質改進了，幾乎看不到這種例子，眞失望。

不過只是原子筆的話，不管怎麼增加，既不重也不占空間，所以還不至於造成眼睛看得見的實際傷害。問題是書和唱片。因爲工作的關係，書的數目逐漸增加，唱片因爲沒有算過所以不知道數目多少（不想去算），我想總共大約有將近三千張吧。一句話說唱片三千張，一張正反面四十五分鐘，全部要聽完，也要花兩千兩百小時以上。也就是說這樣數量的唱片怎麼想都沒有必要。每次搬家都累得要死。深切地感覺到不得不處理。

「如果買十張新唱片，就賣掉十張舊的，不就行了嗎？反正聽不了那麼多。」我太太說，我也覺得有道理。然而以現實問題來說，卻很難順利辦到。「這張是有點珍貴的唱片」或「這是高中時候買的充滿回憶的唱片」或「這張雖然很少聽，但只有這一曲我很喜歡。」結果一開始這樣想起來，庫存就一點也減不了。眞傷腦筋。

其實現在也正爲了幾個月後即將搬家的需要，正在努力削減五百張唱片，五百本書，照例不太簡單。

關於採訪

從前有一段時期我喜歡讀美國版*Playboy*，上面登的「花花公子採訪」專欄，幾乎每個月都不漏地讀，但最近不同了。這採訪系列，每期好壞當然多少有點差別，但我想整體說來平均分數相當高，其中寇特．馮內果和梅爾．布魯克斯的採訪，到現在我都還記得很清楚。

最近已經不太稀奇了，以前其他雜誌還看不到像這樣用大篇幅讓對方盡情長談的採訪報導，因此被採訪者也樂於比較深入地暢談，結果眞的如同標題所寫的那樣成功地引出「掏心的對話」（candid conversation）。

當然並不是談越長就越能讓對方坦白說出來，其中有預先設定類似大概的程序，方針也很清楚。要不然，所謂的long interview容易流於廢話的漫流。這方面的採訪功力就大有看頭了。

花花公子採訪的基本方針大致如下：

⑴指定熟悉該領域的採訪者，但雜誌上不透露這個人的名字。

(2)原則上希望採訪者對被採訪者能懷有七分好感——至少讓對方這樣感覺——（以剩下的三分來挑逗）。

(3)不切斷話題，不讓話停滯，提問簡潔。

當然這是《花花公子》的方針，並不能照樣適用在其他所有的採訪上，不過這三個原則確實也是讓很多採訪成功的關鍵，應該不會錯。

如果稍微採取別種說法就是：

(1)不要讓對方看不起，「怎麼連這種事也不知道？」事先周密調查準備。

(2)讓對方放鬆，引出話題，而且偶爾讓對方冷不防驚奇一下。

(3)不被程序侷限，隨著對方的發言隨機應變地對應，從頭到尾把話題大綱繼續往前推進。

不過「說比較容易」，實際做起來，沒有比這更難的事了。我自己對採訪很有興趣，也做過幾次，眞不簡單。

反過來說，從被採訪者的立場，以經驗來說能感覺高興：「啊，眞是好採訪，很有益」的採訪並不多。這我也多少有點責任，不能完全把原因推到採訪者身上，不過往往留下「這樣就可以了嗎？」的不滿。

我想日本的採訪最大的問題在於，過分拘泥於採訪者事先準備的程序。

有什麼問題，針對這個回答後，你正想對這話題如何補充下去時，卻說：「那麼下一個問題是——」，常常讓你大失所望。這邊本來還想配合當場適度說一點什麼，就算不至於隨口胡說，有時候也會隨便捏造一點什麼來說，也會說些相當不清楚的事，如果被採訪者深入探問，雖然會覺得不好受，不過能深入碰觸這種弱點的人——是有少數——很難得。這樣一來這邊也覺得沒什麼刺激，所以就更以大概的路線進行下去。

當了幾年小說家，接受過幾十次採訪之後，這邊也會形成「遇到這樣的問題就這樣回答」的模式，這要說輕鬆也輕鬆，要說無趣也很無趣。我想說起來小說家所寫的小說就是一切，尤其我自我防禦能力算是很強的，所以被問到什麼時並不會很簡單就坦白說出眞心話。所以如果放任不管的話，談話就以六分眞話．四分防衛的方式繼續進行下去。如果能做到七分．三分的比例，就會變成有點趣味的採訪。八分．二分的話，自己說來有點那個，我想可能就會暴出有點震撼的內容了。

其次事先能嚴密調查、收集資料的採訪者，說起來好像也不太多。我想雜誌的人都很忙所以也難怪，很少看到有人準備好會讓你直冒冷汗、無法招架的問題來問的。或許只因爲大家都很友善吧。當然這樣對我來說比較輕鬆，所以很慶幸。

可是在採訪中被問到的事項大體上都很固定，次數最多的有以下三點：

(1)幾點起床，幾點睡覺？

(2)書寫用具用什麼？

(3)和太太在哪裡認識的？

問這種問題有什麼用處？我每次都很擔心，不過既然大家都這樣問，我想自然也有它的意義吧。

「龍頭九」號的悲劇

大約四年前，我曾經在報紙專欄上寫過有關「汽車橫寫字」的短文。只這樣說，恐怕很難知道是怎麼回事，所以讓我再稍微詳細地說明一下，我在這個專欄中提到公司車右側車體上寫的文字左右顛倒是一個問題。

例如「白鳥洗衣店」的車子左側車體確實寫著「白鳥洗衣店」，但右側的車體上卻右↓左變成「店衣洗鳥白」顛倒過來。要說沒關係的話也沒關係，不過我從以前開始就對這個在意得不得了。每次都會一瞬間「咦，店衣洗是什麼？」想得很深。再加上，只有店名下的電話號碼是左↓右寫的，這簡直是地獄──我寫了這樣宗旨的文章。

本來我的主張就力量薄弱，所以寫了這樣的文章之後世上的體制．習慣也不會一朝一夕就改變過來。最近的例子，我對「スジャータ」的公司貨車很感冒。這也是從右側車體上統一寫著「ターャジス」。這如果是「ターヤジス」的話還沒那麼嚴重，但「ターャジス」的ャ變成小寫的地方實在眞礙眼。這不

知道到底該怎麼發音，感覺好像踢到石頭似的。所以我每次看到這家公司的車子時，就會反射性地把眼光轉開，而且不知道爲什麼竟然有很多這種車子滿街跑。雖然我對「スジャータ」公司本身並沒有任何恨意。

另一方面設計師們對這個問題似乎也傷了不少腦筋。車右側車體文字如果設計成左→右的話，公司方面一定會抱怨，而改變成右→左。

我這篇文章在報上登出不久，在京都的大學主修平面設計的松味先生寄了一份叫「汽車右側面由左至右寫的奇怪習慣」的四頁薄小冊子來。這是對「汽車右側面右→左爲什麼錯」確實舉例，論述內容充實的資料。文章和論旨扎實，很有說服力，更重要的是還有其他人跟我懷有同樣想法，這事實使我勇氣倍增。

那時我立刻想寫一封感謝信，但照例拖拖拉拉的一延再延，終於四年歲月已經流逝。很抱歉。眞的覺得過意不去。

根據這位松味先生的小冊子，我國車船右側的表記大半是錯的。尤其嚴重的是船舶，好像要找出沒錯的反而比較困難。例如海上保安廳的船從右側面看時居然排著有：

「とろむ」

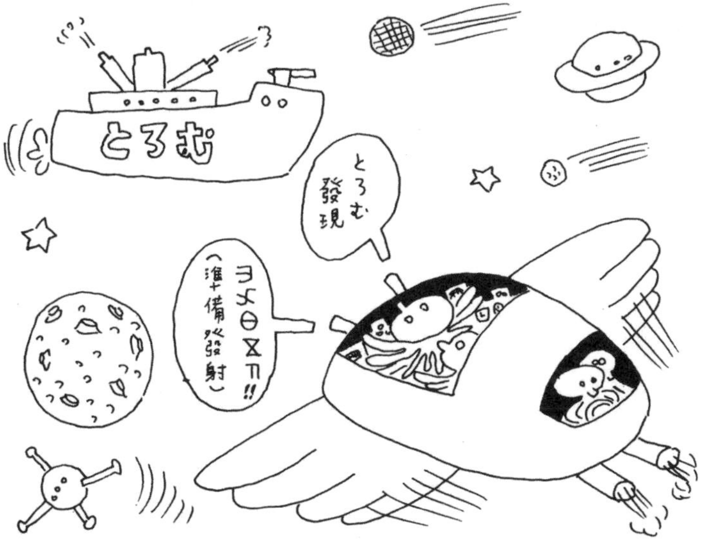

「うゆりずく」

「もりえ」

「まじの」

這就相當奇怪了。「うゆりずく」是「九頭龍」，能夠一眼就看出的人應該不多，「もりえ」很像麵包和奶油的老歌歌名，「まじの」好像是法國要塞的感覺。「とろむ」也有一點科幻感還不錯。不過不管語感如何不錯，也不能就說可以打馬虎眼。昭和二十四年內閣通知中規定「政府文章左→右寫」。據說船舶確實遵守左→右統一表記的只有海上自衛隊和部分遊艇公司所屬的船舶而已。這小冊子是一九七七年發行的，因此情況或許多少有改變，不過就算這樣，我都沒想到狀況居然會糟糕到這個地步。

爲什麼人們對車船右側特別喜歡右↓左的表記呢？這似乎因爲出於沿著進行方向順序讀下去的意識造成的。不過假設有「水丸宅急便」公司，這家公司的商標畢竟只有「水丸宅急便」一種整體概念·語塊存在，絕對不是以水和丸和宅和急和便的單獨文字集合起來成立的。所以「水丸宅急便」的商標成爲一體往前進行，這樣的想法才正確。所謂商標大體上就是這樣的東西。上次我看到一輛寫著「便急川佐」的卡車，覺得好像是拉肚子的人急著趕到什麼地方去上廁所似的，眞有趣。

再多引用幾個松味先生這小冊子上的例證，還有京都市的公車分別有綽號，其中好像有：

「かさや」

「ずみよき」

「くかんき」

這些當然是指「八坂」、「清水」、「金閣」。這如果要說有趣，我也沒話說了。

為什麼大家不讀書了呢？

最近和從前比起來覺得好像去書店的次數少多了。

爲什麼不去書店了呢？原因是自己開始寫東西了。書店排出自己的書總覺得很不好意思，如果不排出來的話也傷腦筋——因此，就對書店敬而遠之了。

其次家裡書堆積太多也有關係。還沒讀的書已經累積幾百冊之多了，再買就像疊床架屋般感覺很愚蠢。現在想如果能把堆積如山的書完全解決掉，再到書店去買想讀的新書，不知道爲什麼書卻好像一點也不減，反而繼續增加。我不是「銀翼殺手」，不過其實我也很想要有「讀書用的複製人」，可以幫我讀很多書，然後摘要告訴我：「主人，這本很好，值得讀，」或「這本有必要讀，」那我就非常輕鬆了。不一定要複製人，只要有精力充沛、有閒暇時間，對書又擁有知識的人在身邊就好了，卻難得有這種人。

不太到書店去的另一個原因是，眼看著外國小說的翻譯新書大爲減少。雖然科幻小說、懸疑小說、冒險小說的譯作相當多，但這方面的書魚目混珠的情況也很嚴重，連我（有一段時期讀了很多）最近都不太買了。除了這類書之外，翻譯小說的發行數量非常少。「純文學的翻譯書可以說完全賣不好。」出版社的人這樣說，不管怎麼樣都很遺憾。

其次，我自己讀書時間大幅減少也有關係。最近和出版社的人見面時，都異口同聲地抱怨道：「最近的年輕人沒辦法安靜坐下來讀書。」我也搭腔道：「是嗎，那眞傷腦筋啊。」但仔細想想，我自己也變得不太讀書了。十幾歲的時候《卡拉馬助夫兄弟們》、《約翰克利斯朵夫》、《戰爭與和平》和《靜靜的頓河》都各讀過三次，想起來眞有懷念昔日的感覺。當時書只要頁數多就很高興，《罪與罰》還因爲頁數不多而感覺不過癮。和當時比起來——年紀大了就算能好好靜下來讀一本書——但感覺讀書量好像已經減少到五分之一左右了。

爲什麼變得這樣少讀書了呢？主要是因爲分配到讀書的時間少掉了。換句話說時間被讀書以外的活動占掉，波及之下讀書時間自然減少。例如跑步一天一小時半到兩小時，聽音樂兩小時，看錄影帶兩小時，散步一小時……這樣想下去的話，幾乎沒留下可以靜靜坐下來讀書的時間了。當然工作上該讀的書，一個月會努力啃個幾本，除了這方面的書之外，老實說最近完全沒有讀了。眞傷腦筋。

其實我想陷入這種狀況或傾向中的，絕對不只我一個人而已。我推測最近的年輕人之所以不太讀書，也因爲把時間、金錢和精力大幅花費在讀書以外的各種活動上了。我年輕時候——這麼說起來忽然變成歐吉桑了——整體上還剩下相當多時間「沒辦法，來讀書吧。」比較容易有這種心情。當時沒有錄影帶，唱片也比較貴，不太買得起，運動沒有現在這麼盛行。時代的空氣比較偏向理論，某一種書如果沒有讀到一定的量，會被周圍的人瞧不起，有這種風氣。

但現在「什麼？我才沒讀那

種書呢，沒聽過啊。」這樣就帶過去了。還有很多其他事情要做，也有各種地方和方法和媒體可以表現自我。結果讀書這種事作爲一枝獨秀的神話性媒體的時代已經快速結束。現在讀書只不過是one of them，各種並列媒體中的一種而已了。

這種趨勢是好是壞，我不知道。可能和大部分社會現象一樣，沒什麼好壞。我個人對於教養主義、權威主義風潮的消逝——眞的正在消逝中吧——感到高興，但身爲一個寫作者對於大家都不太讀書了也感到遺憾。不過在感到遺憾的同時，另一方面我想我們（也就是和出版有關的諸位）或許應該改變想法和體質，從新的地平去獲得新種類的良質讀者。老是嘆氣也不是辦法。

「酒」①

算起來我一個人喝酒的時候比較多。在家裡一面聽唱片、看錄影帶時，會一面一個人小口啜著啤酒或威士忌或葡萄酒。上街時也會一個人晃進酒吧，喝個兩、三杯才回家。當然因爲我不是自閉症——上次參加一個三年沒出席的業界聚會時，被一個女作家說：「怎麼，村上先生也會參加聚會，並不是自閉症嘛。」讓我大吃一驚——我也會跟別人一起快樂喝酒。不過以次數來說一個人喝的情況壓倒性多。本來交往就不太多，加上住在郊區的關係。再說一次，我完全不是自閉症。如果我是自閉症的話，那麼村上龍就是自閉症了。

就算一個人在酒吧喝也絕對不像菲力浦．馬羅（Philip Marlowe）或《北非諜影》中的亨佛萊．鮑嘉那樣嚴格地決定靜悄悄地喝，而是放輕鬆喝。靜悄悄地一個人喝酒，和放輕鬆地一個人喝酒，表面上看來也相當不同。以阪神虎隊來說，就像眞弓和岡田的不同那樣。既沒說什麼漂亮話，沒把風衣領子立起來，也沒一直睨著虛空的一點。只是恍惚地喝著酒而已。所以也沒有出現說：「我請那邊那位眼神看來很寂寞，正在喝著馬丁尼的先生續一杯」的女人（不可能出現吧）。

要問我爲什麼會這樣恍惚呢？首先第一因爲我的右眼和左眼視力差別相當大。所以平常在外面世界時，我兩眼的肌肉會緊張起來讓兩邊的影像人爲地（不過當然是極自然地）趨向一致。可是進到酒吧一個人喝酒時那肌肉就會放鬆下來，所以就產生所謂「岡田現象」，整張臉看起來呆呆的。

這在自己家裡時也一樣，所以被我太太罵：「你怎麼搞的，每次跟我在一起的時候都那樣沒精打采的。」不過我總不能一天二十四小時都綳緊吧。

第二個理由是，我以前在酒吧工作過很長一段時期。我想如果有做過酒保經驗的人就知道（《週刊朝日》的讀者中有幾個人具有酒保經驗，是遠超出我的想像力的問題），如果有人獨自在吧檯靜悄悄地喝酒時，工作人員會很擔心。說得明白一點，往往會令人神經緊張。再說對方是客人，又沒有妨礙其他客人，所以要說無所謂也無所謂，不過雖然如此眼前有一位這樣冷硬派的客人，畢竟無法鎮定。往往會打破玻璃，或搞錯雞尾酒的調配法。所以如果讓我選客人的話，與其選靜悄悄的不如選恍惚的人。恍惚地一個人喝酒的客人說起來對酒保來說是最上選的客人。因爲那種人你可以完全不理他。

像這樣養成一個人喝酒的毛病後，走進女孩子會坐到旁邊來跟你說話的酒

村上也來這套嗎？
（水丸）

吧時，就非常傷腦筋了。眼睛既不能不緊張起來，也不能不找話題。我的性格大體上對初次見面的人幾乎不太能開口。

前幾天我住進飯店工作時，深夜十一點左右想喝啤酒，於是信步走出街上。雖然也可以在飯店的酒吧喝，但有點想念街上的燈火。看見一家好像輕食酒吧的店，便走進去點了啤酒時，一個穿著黑衣的小伙子靜靜地送來啤酒。我正想：「嗯，有點不妙」時，果然從他後面走出一個穿著短裙二十歲左右的女孩子，來到我旁邊坐下說：「你好！一個人嗎？」這種事眞傷腦筋。我只不過想放鬆一下工作的緊張，一個人來恍惚地喝個兩三瓶啤酒而已。這時候如果深諳此道的安西水丸在旁邊的話，就可以悄悄碰他一下先逃出去，但一個人卻不能這樣。只能跟她談。

　在酒吧跟女孩子談話最傷腦筋的是被問到工作內容。對方也不太常和初次見面的人談話，所以談完天氣之後，話題總會轉到職業上來。不過好不容易結束工作想放鬆一下，我可不想一面喝酒還談工作的事。於是說：「嗯，啊，怎麼說呢？就像自由業吧。」這樣打迷糊眼，話題立刻就用完了。雖然可以談棒球，不過在酒吧談養樂多燕子隊氣氛也太沉重。

　就這樣東拉西扯之間沒談什麼大不了的事，喝了三瓶啤酒走出酒吧。我累了，那個女孩子一定也相當累吧。眞可憐。

我忽然想到，如果有「編織酒吧」的話一定很妙。女孩子全都可以默默地織毛衣，旁邊有客人坐著安靜喝酒，這種形式的酒吧。

「妳在織什麼？」

「嗯，……手套。」這種感覺。

如果是這樣的話，我也可以靜下來喝。

「酒」②

從前，我開始寫小說才不久的時候，當時的《太陽》雜誌總編輯嵐山光三郎曾經對我說過：「啊，村上老弟，你好像一直在喝啤酒，那是因爲還年輕。某種程度有一點年紀之後，嗜好會從啤酒轉移到其他的酒，嗯。」

「哦，是嗎？」當時還半信半疑地回答，確實從那以後經過六年多的現在，仔細想一想整體的酒量中啤酒所占的比例正一點一點地減少中。

說得正確一點，喝啤酒的量本身並沒有什麼改變，不過另外加喝的威士忌和葡萄酒的量則增加了。我年輕時候並不是那麼會喝的人，不過因爲胃很強壯，所以隨著年齡的增加就喝得跟別人一樣多，或比別人稍微多一點了。工作告一段落喝一下時的感覺，確實是人生中的小確幸（雖然小卻很確實的幸福）之一。外國有一句諺語：「人生的幸福只有三件事。之前的一杯，和之後的一根菸」，這也相當有說服力。

其實試著轉身看看我周圍的人，並沒有幾個因爲年紀增加而酒量增加的。

和我同年代的朋友中很多有內臟的什麼地方不好，說：「我不行，不太能喝，」兩、三杯就停下。年輕時候酒量好的人這種例子很多。和熱投型投手容易把肩膀搞壞一樣，年輕時喝過多，內臟終於疲憊了。加上進入三十歲代後半之後，上班族多多少少都升上主管職位，壓力增加，對妻子也有責任，開始重視起健康來。人生，能隨心所欲地喝酒的時候正是最美好的時刻。

在澀谷車站前看到一大群學生剛剛一口氣猛喝後正在鬧事時，會想像這些人有一半十五年後，可能口袋裡會悄悄放著胃藥繼續喝。這樣想時，他們的年輕聲音中也聽得出諸行無常的聲響，相當有意思。

其實我在學生時代也有過一段時期每天到附近的酒吧去喝得爛醉。大多喝便宜的日本酒，咕嘟咕嘟地大口喝，所以當然會惡醉。有人喝得醉倒了時，就有人從校園拆一塊「打倒美帝」的看板來，用那個代替擔架把人送回住的地方。那板子倒是很好用。只有一次我在被搬運途中看板破裂，就在椿山莊旁邊的石階上，背跌得好慘。

不過這種胡鬧在四個月左右之後結束，從此以後幾乎可以說完全不再跟著大家一起胡鬧發酒瘋了。換句話說跟朋友的交際變差了，因此我那健壯的胃可以繼續磨練到現在。吃什麼都好吃，不會惡醉，不會胸口熱。很遺憾無法實際

看到，不過我推測我的胃顏色相當好，可能像海豚那樣光溜溜緊繃繃的。如果放到海裡去的話，不知道會游到哪裡去。

話題再回到酒來，我現在幾乎不喝日本酒了，這是因爲學生時代一直喝日本酒惡醉的後遺症。責任百分之百在我這邊，不在日本酒那邊。如果不喝日本酒而被告到法院的話，我打算放棄一切爲自己辯護的機會，乖乖認罪服刑。

相反的如果去到啤酒國度的話，我很可能會被奉爲ＶＩＰ級上賓。個人的消費量相當大，在小說裡也一直很支持，常常代爲宣傳。我知道有好幾個人一讀完我的小說就立刻跑到酒館去買啤酒回家。先不談小說的品質如何，至少有某種效用。

葡萄酒最近開始喝多起來，現在也不理會什麼摻不凍液的爭論，照喝不誤。本來並沒有那麼喜歡，不過被朋友邀了幾次到山梨縣的葡萄園去之後，就漸漸喜歡上了。話雖這麼說，我喝的葡萄酒並不是那種講究派頭的，而是買最便宜的加州葡萄酒來，對沛綠雅水，再擠上檸檬汁，代替果汁咕嘟咕嘟大口喝，相當隨便的喝法。不過也滿美味的。因爲讓理查．布羅提根（Richard Brautigan）酒精中毒而聞名的GALLO出的有把手的大瓶裝，看起來就很粗放，以這樣目的喝是再合適不過了。慢慢喝的話，Chateau Lafite Rothschild紅的雖然最棒，不過這一瓶要兩萬圓以上，實在喝不起。

威士忌我喜歡貴一點的，每次到國外的時候就會買免稅的Chivas Regal和Wild Turkey回來，主要是以加冰塊的on the rock喝。

可是我住的地方空瓶子、空罐頭一個月只回收一次。這時要把一個月喝的葡萄酒和威士忌和伏特加酒瓶和啤酒罐搬到指定的地方去，因爲量相當大，所以雙手提袋子要走兩趟才行。而且每次檢查分類法的附近歐巴桑就會驚訝地說：「你好常喝啊。」每個月每個月都被這樣說也很難過。

最近不知道爲什麼變得非常愛喝日本酒了，大白天就在蕎麥麵店小口喝著的情況多了起來。水丸兄說：「村上老弟，這是你人格上成長了。」眞的嗎？

政治季節

我有生以來從來沒有在選舉時去投過一次票。爲什麼嗎？這樣問，我一下子也答不上來，只能說：「是啊，不知道爲什麼，」來打迷糊眼，總之沒有投過票。如果要說：「這樣不是放棄做國民的權利嗎？」我想：「大概是吧。」可是我還是不投票。並不是對政治不關心或沒意見，但還是不投票。

據說在希臘，法律規定選舉時投票是國民的義務，除非有正當理由，否則棄權的話很多公民權都會被剝奪。在日本沒有這種情況，所以就算不投票也還可以和一般人一樣生活下去。哪邊制度比較妥當，雖然可能有各種爭論，我個人認爲日本的做法比較好。有人去投票，有人不投票，世上有各種人。我周圍也有不少人選舉時不去投票的。

爲什麼選舉時不投票，他們（包括我）的理由大致相同。第一、可供選擇的品質實在太差了，第二、現在所進行的選舉內容本身相當可疑，無法產生信賴感。總之我們的世代很多人經歷過那所謂「街頭抗爭」，老是被煽動「選舉是騙人的。」所以年紀大了安定下來以後，還無法乖乖走去投票所。心想不管和什麼政黨對立都無關，自己一個人也獨自撐到現在了。要問做了什麼嗎？做了什麼幾乎也記不得了。

其實我並不是從根本否定選舉制度本身，我想如果有某種明確的主張，又沒有現在政黨對立的模式的話，我們也許會去投票。但到目前爲止從來也沒有過這種情況。雖然有人說棄權的人多，是民主主義的衰退現象，但依我看來，無法提供這種情況的社會系統本身中就存在著民主主義衰退的原因。以表面的方針論調而把責任只推給棄權者是不對的吧？如果只是要我從「-4」或「-3」中選一個而叫我到投票所去，我是不會去的。眞的。

住在千葉的時候，遇到地方選舉。我正在庭院裡和貓玩耍時，附近一位像帶頭的歐巴桑帶著田裡摘的菠菜走過來說：「這一帶大家決定都投給某某先生噢。」

我搞不太清楚就說：「哦，是嗎？」那位歐巴桑就說：「如果投給某某先生的話，他會好好幫我們爭取修馬路和清水溝。」放下菠菜就走了。過了好一陣子我才會過意來，那是要我去投票的意思。當時很佩服果然是千葉。我住過很多地方，不過還沒遇過用菠菜拜託人去投票的。當然菠菜很好吃，票則沒有去投。我也好好在繳稅，所以幫我好好清水溝本來就應該嘛。以經驗來說，與其投票給議員，不如每天直接打電話到市政府抱怨，請他們清水溝會比較快，也比較有道理。有這種事情後，就更討厭去投票了。雖然住在千葉本身是相當快樂的。

不過我會繼續這樣下去，選舉時永遠不去投票地過完一生嗎？我想應該不會。雖然只是我的直覺，不過我覺得這世紀裡一定還會再有一次重大的政治季節來臨。那時候我們不管怎麼樣都被迫必須決定自己的立場。各種價值徹底改變，應該沒辦法再「事事隨便」就應付過去。那樣的話，我也會像那部《偉大的星期三》（Big Wednesday）電影的最後一幕一樣，手裡拿著選票走向投票所也不一定。

這只不過是推測而已，我大部分的推測都不準，所以不能說大話，不過我真的覺得這種狀況可能在不久的將來就會來臨。只要讀過有關美國一九二〇年代和隨後緊接而來的經濟大恐慌的歷史書，就會真切感覺到。美國二〇年代宣稱前所未有的繁華、豪放的享樂性文化，在一天之內就崩潰瓦解了，後來黑暗沉重的日子和戰爭緊接著來臨。當然不同的兩個時代和社會要互相重疊根本上有困難，但看到那經濟繁榮底下膚淺事物和社會騷動的模樣，還有世界財富

分布不均的狀況時，就可以發現二〇年代的美國和我們的時代之間擁有多得令人驚愕的共通點。而且如果那能和大恐慌匹敵的大崩潰來臨時，和當時的美國同樣的，現在大部分寄生在散漫文化週邊的人士——或許我也是其中之一——眼看著將被吹到不知何處而消失無蹤。

我這樣說可能沒什麼說服力，不過我們爲了準備迎接這種價值大崩潰的來臨，可能自己該洗面革心的時候已經到了。

頭昏

我對高的地方完全不行。一到了「從這裡掉下去大概會死掉」的地方時，腰一帶就會一下麻起來，變得一步都動不了。

相較之下，我太太對高的地方卻比吃飯還喜歡，一起去旅行時一定要往高的地方爬上去，然後蹦蹦跳跳，或單腳站立一番樂在其中。我眞無法理解那是什麼樣的神經。只覺得她是在故意惹我不高興。

其實也不是所有高的地方都可怕，像高山或懸崖等自然形成的高處，和站在同樣高度的大樓或塔上比起來，就沒那麼——這麼說只是相對比較而已——可怕。最可怕的再怎麼說都是那種人工製造的高處。

常常幫我畫書封的佐佐木Maki兄府上也在高層大廈的九樓或十樓，我很怕去那裡。因爲走出電梯後必須穿過大廈外面的樓梯往下走一層。手扶著內側牆壁一步步走下樓梯時每次都會吃女編輯白眼：「村上先生，你在做什麼啊？」從旁看來確實是「不知道在做什麼。」不管怎麼樣要對不覺得害怕的人說明恐

怖的性質眞是極難的工作。我也會特地把恐怖電影的錄影帶拿給討厭恐怖電影的人看，然後說：「你看你看，用電鋸把手掌鋸下來了。」所以也不能說別人。

到目前爲止最可怕的是維也納的聖史蒂芬（Shtephansdom）大教堂上面。那時候我也完全不想上去那種地方，不過我太太執拗地說服我：「沒關係啦，不可怕的，上去嘛。人總要一步步進步才行。」於是我想：「應該可以吧。」終於提起勁來上了電梯。上次到德國科隆大教堂時是走樓梯上去的，中途害怕起來就折回頭了，這次搭電梯沒辦法這樣。一走出電梯時已經到了露天的陡峭屋頂上了。而且一旦下去之後的電梯，不等到下次客人來到是不會上來的。當然沿著屋頂設有鐵絲網圍欄，不過那種東西我完全無法信賴，而且冬天冰凍的寒風又呼呼猛吹，實在嚇得我半死。心想如果非要弄得那麼可怕，不如人類不要進步算了。試想一想害怕也是財產之一。並不是那種可以片面斷定不會感覺害怕的人才偉大，會感覺害怕的人就不行的事情。

不過這個暫且不提，歐洲的古老建築中很多是相當可怕的。尤其是教堂都以銳角往上像要升上天般高聳入雲，所以實際爬上去看看時，比一般半吊子的高樓屋頂還要有魄力，恐怖的質也更深。我不是在做比較文化論，不過我覺得在聖史蒂芬大教堂屋頂上所感受到的懼高感，和在日本或美國所感到的懼高感，性質好像相當不同。這種微妙的差異，沒有懼高症的人可能也無法感覺到。我如果有空的話甚至很想到世界各地高的地方去考察一番，寫出類似「從懼高症觀點所見的高處文化論」。這種東西一定只有有懼高症的人才寫得出來。

有時候我會認眞想，爲什麼世上會有有懼高症的人和沒有懼高症的人之分呢？但怎麼也想不通。怎麼想都不記得幼兒期曾經上到高處感覺害怕過，再說也不認爲懼高症在血統上會遺傳。或像佛洛依德說的，是「被壓制的內心糾葛的象徵性表現」，這也沒有跡象可循。那麼我到底是從什麼時候開始，怎麼會得到這種所謂懼高症的病的？

那麼這只能想成「恐懼的選擇是隨機的」。換句話說，人類必須要有一兩個所謂精神的保險閥式的恐懼感來自衛，結果那害怕的對象不管是什麼都可以——是這麼回事。我的情況剛好是懼高症。有人可能選擇恐懼幽閉，有人可能選擇恐懼尖端，有人可能選擇恐懼黑暗。或者運氣不好，有人全部都選也不一定。在《法櫃奇兵》中，那樣天不怕地不怕的印第安瓊斯也會毫無辦法地怕蛇不是嗎？總之害怕這東西，對人來說是不可或缺的要素，我想那越不合理，效果應該越大。

其實我們這種在宇宙的黑暗中孤零零漂浮著的岩塊上，緊緊抓著不放地過著不安定生活的人類，卻渾然不覺害怕的狀態，才讓我更覺得可怕。

比薩斜塔我也只上到三樓而已。那眞可怕。

排字工人的悲歌

本專欄開始連載到現在已經進入第八個月。「有截稿日的人生快如流水。」是美國一位記者說的，一點也沒錯。很抱歉，好像把我的淺學全都傾倒出來似的，不過英語截稿日期稱爲"deadline"。Deadline這個字還有其他意思：「死線，囚犯越過這一條線就會被槍斃」（根據研究社讀者英日辭典），這比日語的「締切」語感更確實。更可怕啊。

本來所謂截稿日期並不只限於作家方面，從對方的編輯來說，也是名副其實的deadline，因此和編輯聊天時也常常會把這截稿日期當話題。不妨說⑴延遲截稿日期⑵筆跡潦草⑶任性，是作者讓編輯哭的三大要素。我對⑶還心裡有數，對⑴和⑵則絕對清白。我對截稿日期大概都會確實遵守，字都寫得特別容易讀。所以有關容易拖延截稿日期的作家或字寫得難以辨認的作家的抱怨，都當成別人的事，笑著聽過去就算了，也會「哦，那眞過分」這樣適度同情編輯一番。而且這種遲交、潦草是和才華和人格（可能）無關的性向、傾向，因此以傳聞來說也比較明朗乾脆。

根據編輯的說法，大作家之中有人在截稿日期的四、五天前打電話到編輯部說：「啊，是你，這期的連載休息！」說完就卡鏘一聲掛斷電話。這麼一來雜誌社可就要天翻地覆地騷動起來了。要說有趣眞的很有趣，不過如果我這樣做的話，可能會立刻被拖到哪個野外去槍斃掉吧。五分鐘後又打電話來說：「剛才是說謊，騙你的。稿子已經寫好了。」就算我這樣說，恐怕人家再也不會把工作交給我做了。

就算沒有這麼糟糕，也常常耳聞編輯住到作家的家裡去，把拿到的稿子以飛車趕在deadline的一小時前送進印刷廠的情形。編輯雖然抱怨：「××先生眞叫人傷腦筋，」不過在我聽來，不免覺得編輯這邊對這種deadline遊戲好像也相當樂在其中的樣子。如果所有的作家都在截稿日期的三天前啪一下準時交稿的話——這種事情只有在行星排成直線和哈雷彗星交會的機率才可能發生——那時候各方編輯想必都會聚集到某個酒吧去抱怨道：「最近的作家眞沒骨氣。還是從前好。」這我敢用我的頭來打賭，一定是這樣。

作家中也有很多這樣想的人，當我剛剛寫出第一本小說，正在擔心兩、三天後截稿的事時，就有人忠告我：「嘿，稿子這東西只要在截稿時間到了才開始寫就行了。」編輯部說來一定會把時間早報幾天，把截稿日設定得早一點，所以那個人說的也有幾分道理，不過以我的個性卻辦不到。不在截稿日前三天完成，把稿紙咚咚咚地理整齊，放在書桌上，我是不會安心的。

其次也有所謂cool off效果。寫完立刻交稿往往事後會後悔：「糟糕，那件事不寫比較好，」或相反的「對了，要是這樣寫就好了。」如果有三天緩衝時間的話，就可以避免這種危險了。除非是非常熟練的老經驗者，否則筆是會不知不覺地滑走的。只要多留個三天就可以避免造成別人不必要的麻煩或傷害，或給自己帶來無謂的恥辱。沒有比這更簡單的了。

其次如果拖延到太逼近截稿時間的話，會給印刷廠的人造成麻煩。我高中時曾經辦過報紙，經常進出印刷廠所以知道，如果有人的稿子遲交的話，印刷廠的歐吉桑就不得不徹夜不睡地檢字。眞可憐。印刷廠的排字工人家裡，太太可能已經把晚餐擺在餐桌上等先生回家呢。

「爸爸還沒回來呀。」小學生這樣說時，媽媽就說明道：「因爲那個叫村上春樹的人遲交稿子，所以爸爸要工作到很晚，才能回家啊。」

「哦，村上春樹是壞人嗎？」

「是啊。一定是寫沒什麼的差勁小說在騙世人吧。」

「媽媽，等我長大以後，一定要打這個壞蛋。」

「不行、不行。」

想像到這樣的對話時，我也實在受不了，立刻就把稿子寫好。或許我的想像力（或，應該說妄想力吧）太發達了。不管怎麼樣，我確實可能是(3)任性的人，不過至少還是希望能夠排除被排字工人的妻子憎恨的可能性。

讀書用的飛機

前幾次的專欄才剛寫過自己最近不太讀書的文章，現在又來寫這個實在有點過意不去，不過這一個月來讀了相當多書。日常寫著文章時經常會發生這種事。才剛剛寫過：「我戒了兩年菸，身體情況非常好，」立刻又開始抽起菸來，或剛剛寫過：「一年只打兩、三次領帶而已」之後，卻落得一連打三次領帶的地步。要說我很隨便確實也很隨便，不過世間就是這樣。

如果要問我爲什麼忽然開始讀書呢？因爲這一個月搭電車和搭飛機的機會比較多的關係。換句話說移動比較多時，我就可以讀比較多書。

首先是搭南迴線飛機來回東京—雅典間（單程約二十小時），在這之間讀三本書。讀了約翰．厄文（John Irving）的 *The Water-Method Man* 和道克托洛（E. L. Doctorow）的《丹尼爾書》（*The Book of Daniel*）和 Joe Gores 的 *Hammett*。搭南迴線到歐洲的飛機，身心和胃袋都相當疲累，但至少可以好好讀書。

The Water-Method Man 三、四年前讀的時候不太能讀進去，這次重讀，比

第一次讀時有趣多了。雖然沒有《蓋普眼中的世界》（*The World According To Garp*）完成度高，不過卻有風俗小說般細細切割的獨特野趣，相當引人入勝。以我個人的基準來說，讀第二次比第一次覺得有趣的就是好小說。本來會讓人想讀兩次的小說就不太多，所以光是能讓你想再讀一次或許就已經很不簡單了。

道克托洛的《丹尼爾書》和*The Water-Method Man*一樣，都是時間會忽前忽後跳接的小說。所以在還沒習慣以前很難抓住重點，不過一旦抓住重點之後，身體就會自然感應小說的時間性，而能流暢地快讀下去。是讀起來很有感覺的小說。

Joe Gores的*Hammett*，很能帶出**一種風格**的濃厚氛圍，讀來相當愉快，不過以眞人爲主角的設定，稍嫌有能看出架構的傾向。

好像在飛機上讀上了癮似的，回國後也在工作空檔，找出品瓊的《第四十九號拍賣品的叫賣》（*The Crying of Lot 49*）來讀。以前好幾次想試讀英語版卻挫折的小說，翻譯版出來對我是一大喜事。當然未必因爲是品瓊的小說所以可以流暢地讀得很愉快……不過因爲難得有這樣可笑的小說，所以有興趣的人請務必讀讀。

其次讀了約翰・厄文的新作（依然是非常長的小說）*The Ciderhouse Rules* 的後半部。這本小說的感想實在一言難盡，就不提了。

然後讀了三本義大利麵小說。James Crumley 的 *Dancing Bear*、Richard Condon 的 *Prizzi's Honor*（《女與男的名譽》，這日譯名意義不明）和 Michael Z. Lewin 的 *The Silent Salesman*。所謂義大利麵小說是我的造語，意思是適合一面煮義大利麵一面讀的小說。當然沒有輕視的意思，希望解釋成一面煮著義大利麵也會順手拿起來讀的小說。三冊中《女與男的名譽》有裝糊塗的味道我覺得好像最有趣。

其次有人推薦我讀，於是讀了龍膽寺雄全集三冊。因爲我不太讀日本小說，所以不知道龍膽寺雄這個人在文學史上地位如何，不過整體上讀得很愉快，有幾篇作品我也很喜歡。不過自從看了森田芳光導演的《從此以後》之後，我覺得戰前的日本小說主角都像松田優作似的。讀著小說時幾乎就會自然浮現松田優作的臉來。眞傷腦筋。不過電影非常有趣。

另外讀了一本，作者鈴村和成寄來送我的《尚未／已經・村上春樹和「冷酷異境」》，這從書名就知道是有關我的評論書所以就不寫感想了。不過讀有關自己的書，感覺有點像變成《愛麗絲夢遊仙境》那樣。我和村上春樹也許隔著

鏡子同時存在不同的世界。所以我偶爾遇到讀者談起來時，每次都不禁覺得好像在做誰的替身似的。

另一方面我太太在這期間讀了三本書。愛麗絲・華克（Alice Walker）的《紫色姊妹花》（*The Color Purple*）和Henriette von Schirach的《希特勒身邊的女人們》，和Kitty Hart的*Return to Auschwitz*。她到底是以什麼趣味和目的選書的，我現在還是不清楚。雖說是夫婦，但兩人之間的鴻溝卻又深又暗。

不過不管怎麼樣我讀的書和我太太讀的書，領域幾乎沒有交集。（要勉強說的話，洛夫克萊夫特〔H. P. Lovecraft〕附近是雙方領域的交疊），各自買各自喜歡的書，於是我家裡書的數量只有繼續增加。雖然不能不想點辦法，不過大概沒辦法吧。

家庭主夫

我想大約是結婚後兩年的事，我當過半年左右的「主夫」。那時候沒什麼事，每天過著極普通的日子，現在回想起來都覺得那半年似乎是我的人生中最美好的一頁。

其實當時並沒有特別立志要當「主夫」，只是因緣湊巧，正好我太太出去上班，我則留在家裡。這已經是十二、三年前，約翰．藍儂當「主夫」造成話題以前的事了。

「主夫」的日常生活和「主婦」的日常生活差不多同樣平靜。首先早晨七點起床做早餐，把太太送出門去上班，開始收拾餐具。流理台中的碗盤要立刻洗掉是做家事的鐵則之一。然後一般人可能開始看報紙、看電視、或聽收音機的時候，我卻不這樣。爲什麼呢？因爲我當時窮得像無形文化財似地，既沒有買收音機也沒有買電視，連訂報紙都沒錢。所以家裡什麼都沒有。沒有錢時生活說起來眞是簡單得驚人。世上有Simple Life的洋裝品牌，不過對Simple

Life，我比誰都清楚。

早餐收拾完畢之後，開始洗衣服。話雖這麼說，但因爲沒有洗衣機，所以就在浴室裡唏哩嘩啦地用腳踏著洗起來。這樣雖然花時間，不過也是很好的運動。然後晾衣服。

洗完衣服就去買菜。雖說買菜，但因爲沒有冰箱（實在眞窮啊）所以還不可以多買。只能買當天能吃完而不會剩下的份量。因此出現蘿蔔味噌湯、煮蘿蔔、和小白魚蘿蔔泥這樣的頻率相當高。這如果不能叫做"Simple Life"的話，到底該叫什麼呢？

買菜時順便經過國分寺書店去賣書，或買便宜的舊書。然後回到家簡單吃個午餐，燙燙衣服，大概掃一下地（我不擅長掃除所以做得並不仔細），傍晚以前就坐在簷廊和貓玩玩或讀讀書悠閒地度過。因爲很空閒，所以只有在這段時間讀完《講談社．少年少女世界名作全集》，也讀了三次《細雪》。

週遭暗下來之後，差不多該準備晚餐了。洗了米煮飯，做了味噌湯，做了煮物，把魚準備好等太太下班回來可以現烤。她通常都在七點以前回來，有時候也會加班晚歸。不過——已經不用再聲明了吧——因爲我們家沒有電話，無法聯絡。所以我只能把魚放在網架上，等太太回來。

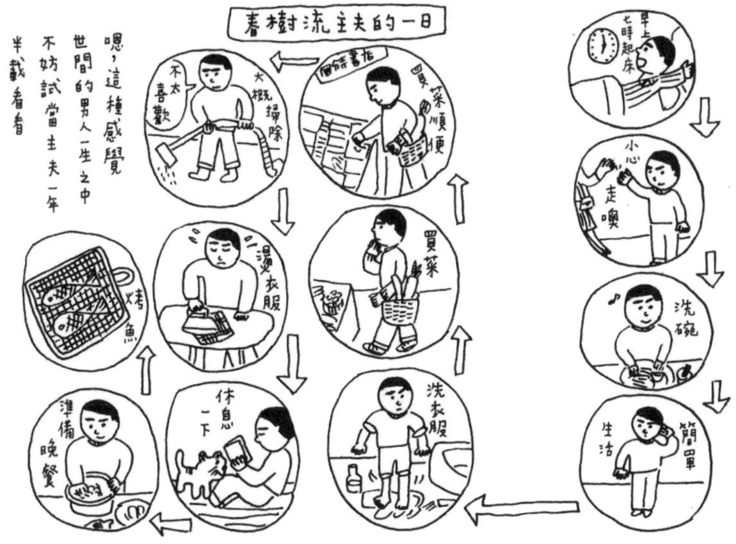

「……」

一直這樣安靜地等著。

這個⋯

「……」

平常如果沒有經驗過這種情況的人可能很難了解，不過卻是一種相當微妙的感覺。「今天可能會很晚，要不要先吃算了？」雖然這樣想，卻又想到「既然難得準備了就再等一下吧，」又覺得「肚子好餓」。這種種想法集合起來才成爲⋯

「……」

這樣的沉默。所以當聽到「啊，對不起，我吃過了」時，還是會火大。

其次要說奇怪也眞奇怪，要說不奇怪也許沒那麼奇怪，不過把自己所做的菜擺上餐桌時，我無論如何都會把沒做好的、形狀醜一點的放到自己的盤子上。像魚的話就把魚頭放在對方的盤子上，魚尾則給自己。這並不是看低自己身爲主夫的身分，我解釋成單純只爲了盡量想讓對方高興一點的主廚人的習性吧。

這樣看來世間一般被認爲是「主婦式」的屬性中，我認爲有很多並不能和「女性的」視爲同義。換句話說女人並不是在年紀增長的過程中極自然地習慣於主婦屬性，那可能只是單純從「主婦」的角色所產生的傾向、性向而已。所以男人只要接下主婦角色的話，他當然或多或少就會漸漸變得像「主婦」了。

從我個人的經驗來說，我想世上的男性一生中至少應該要有一年半載左右試做「主夫」看看。這樣在短期間內應該也能學到主婦式的傾向，而以主婦式的眼光來看世界了。那麼應該就會明白現在橫行於社會上的許多通識，是建立在多麼不確實的基礎上了。

如果可能的話，我也很希望能再盡情過一次悠閒而舒適的主夫生活，可是我太太卻老是不出去上班，所以沒辦法，眞傷腦筋。

山口下田丸君

前幾天山口昌弘跑來說：「嘿，春樹兄，請幫我想一個筆名好嗎？」

突然提到「山口昌弘」的名字，大半的讀者可能完全不知道他是誰，所以還是說明一下吧，山口昌弘就是從現在算起的十年前，在我經營的爵士喫茶店打工過的男人。當時是武藏野美術大學的學生，可是幾乎什麼忙也沒幫上，所以當時眞拿他沒轍，不過後來不知道消失到哪裡去了。總之就是這種男人，後來進了廣告公司，因爲設計安西水丸的書，所以現在還偶爾見個面一起喝一杯。太太長得相當漂亮，安西水丸每次見到我就說：「配山口昌弘眞可惜了，」我也這樣覺得。

於是有一天，我到山口昌弘家去玩，趁著山口昌弘離座的時候，我問他太太：「嘿，妳跟那樣的人結婚，後悔嗎？」她說：「不會呀，我能跟山口結婚眞的很幸福。」不過這是別人的家庭，所以怎麼樣都無所謂，人各有不同的喜好。

於是我逮到在山口公司上班的幾個女孩子時就問：「嘿，山口很蠢吧？」得到的答案是：「不會呀，山口先生在公司非常聰明，話不多，我們走到他面前甚至都會緊張呢。」我說：「那是因爲頭腦不夠好，所以才把臉繃緊起來」時，她們甚至還說：「村上先生，您對山口先生是不是太有偏見了？」

被說到這個地步，我也開始不安起來，「說不定我誤會山口昌弘這個人了。」山口本人也毫不顧忌地到處說：「春樹先生誤解我了。」於是前幾天我試探一下找山口昌弘來幫我搬家，果然什麼忙都幫不上，跟十年前一點也沒有改變。證明我的判斷沒有錯。不過當然山口昌弘不是個壞男人。如果是個壞男人的話不會受到美女太太的熱愛、公司女同事的偏袒。

說明得太長了，不過這位山口跑到我這裡來，叫我幫他想筆名。

「我啊，想當插畫家，於是帶著畫去找安西水丸。結果水丸兄看了我的畫居然說，喂，山口，你不要畫比較好。」

「我了解。」

「不是嫉妒吧？」

「我想不是。」

「於是啊，嘿嘿嘿，我就想乾脆來寫文章好了。有人建議我寫寫看呢。」

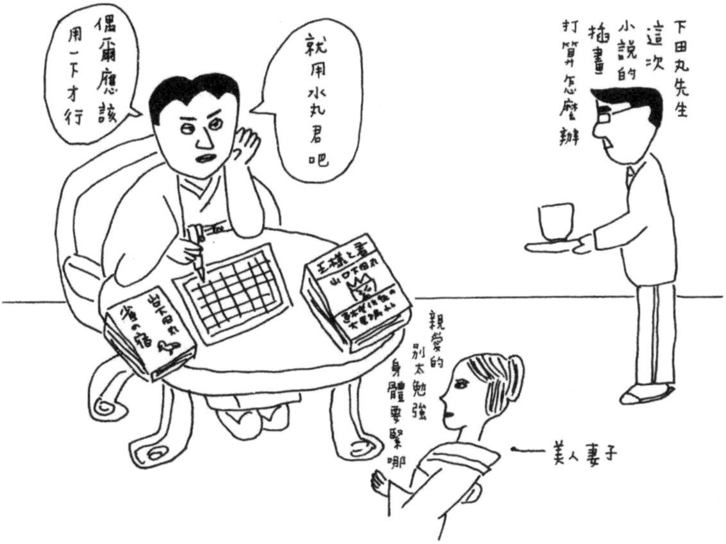

「很好啊。」

「可是，山口昌弘這名字好像有點新學院派的意味，不太好，所以就想到要不要請春樹兄幫忙想一個筆名。如果能幫我想到好名字的話，下次我一定請您到俱樂部去好好痛快喝一杯。」

姑且不論俱樂部，不過我倒滿喜歡幫別人想筆名的。

「你是在下田出生的吧？」

「是啊，是下田。」

「那就叫下田丸好了。」

「這好像漁船似的。嗯，不是這種，可以幫我取個例如像島田雅彥或澤木耕太郎那樣，看起來亮眼的好嗎？」

「那麼山口伊豆七怎麼樣?」

「好像是個頭腦不好的捕快似的。春樹兄,您對我好像有誤會是嗎?」

就這樣山口昌弘很失望地回去了。俱樂部的事情也從此沒再提起。

不過我倒滿喜歡山口下田丸這個名字,從此以後一直就把山口昌弘直接叫成:「下田丸」。可能因爲這樣,他本人也漸漸習慣起「下田丸」這名字了。因爲名字的關係,我也對取名山口下田丸後的山口比山口昌弘時代的山口更懷有好感。

我的想法是,大家在取筆名或店名的時候,好像都容易選擇響亮的名字。我卻相反地在那樣的時候每次都選不誇張的名字,所以我提案的名字經常都被否決。例如上次有朋友要開酒吧叫我幫忙想名字,於是我提議「大沙漠」,立刻就被否決了。

「嘿,有誰會進去什麼叫做『大沙漠』的酒吧呢?」

「可是,如果是我就會進去。很想看看裡面到底是什麼樣子。」

「只有你才會這樣想。」

因此青山・麻布一帶就到處是名字響亮的酒吧。或許我很固執,不過如果有一家蓋得很別致、名叫「大沙漠」的酒吧,我一定會立刻進去。

重返巴比倫

因爲種種原因終於不得不搬出藤澤的家，又再回到東京來。在都心的大廈裡住了四個月左右。不知道爲什麼碰巧就在安西水丸家附近。「那，機會難得，兩個人來做一些壞事吧。」水丸兄這樣誘惑我，《小說現代》的宮田總編輯也說：「嗯，我來教你幾招，呵呵呵。」我也很辛苦。這樣下去的話，我的人格可能四個月就會變掉。從藤澤突然搬到都心來，感覺好像「魔宮傳奇」一樣。

試想一想已經前前後後有五年沒住在東京了。上次住在東京時是一面開著店一面寫《聽風的歌》和《1973年的彈珠玩具》這兩本小說，弄得身心俱疲的時候。後來搬到千葉去寫了第三本長篇小說《尋羊冒險記》。因爲覺得如果繼續住在東京的話，可能會沒辦法靜下來耐心寫小說。雖然店裡生意相當好，很多人也勸我：「店不一定要收起來，只要托給誰去管，自己悠閒地寫小說就行了。」但我既然要做，如果不能從頭到尾親自掌握所有細節的話就無法忍受。因爲這樣的怪脾氣，所以還是把店頂讓掉搬到千葉的鄉下，決心靠一根筆桿子吃飯。所以當我離開東京的時候已經胸有成竹，當時想到：「以後再也不回東京了。」對那裡的嘈雜、壓力之大、外表的粗俗花稍，已經相當厭煩了。

不過現在回想起來，在東京一面開店，一面利用空檔、愛惜寸暇寫著小說那個時代也自有不同的快樂。

我記得是克瑞格．湯瑪斯（Craig Thomas，《火狐狸》的作者），曾經在他的小說後記中寫過這樣的話：「很多處女作都是半夜在廚房桌上寫的。」換句話說，沒有人一開始就是專業作家，都是在工作完畢回到家，趁家人入睡、夜深人靜之後在廚房桌上一點一滴勤快地繼續寫的。當然如果有書房的話可以在那裡寫，不過在半夜會想辛苦寫作的人，大多生活並沒有什麼餘裕，所以無論如何，廚房的桌子就成爲工作場所了。

現在說起來，我最初的兩本小說，確實也屬於「kitchen table小說」。工作了一天關店打烊後，喝一、兩罐啤酒放鬆下來，然後在公寓廚房的桌前坐下來寫小說。

這種小說現在回頭讀起來，看得出小說的結構被斷斷續續地切割開。因爲一天只有一、兩小時的時間可以寫，差不多漸漸來勁時，卻「今天到這裡爲止」

不得不切斷。結果，第二天要繼續寫時卻發現：「咦，昨天在寫什麼？」所以結果作品與其說是小說，不如說是以小說式片段的集合這種感覺所完成的作品。第一本小說出來之後，得到一部分人「嶄新、很酷」的善意評語，但這也是生活環境所逼出來的另一層技術。說得更極端一點，那是在大都會中苟延殘喘地討生活的人從時間的空檔所榨出來的小說。

不過我自己對這樣的寫法和這樣的作品還不太能接受，因此決心離開東京。那是五年前。

事隔多時回到東京來一看，

東京的時間性和五年前比起來變得節奏更快，更細分化了。汽車數量增加，高樓大廈數量增加，地下鐵路線增加，空氣更污染，到處可以看到酒吧和餐廳，書店裡充滿了沒看過的新雜誌，竹下通變成一條正常神經的人沒辦法走過去的歇斯底里的街道。五年前最尖端的東西現在看起來已經顯得落伍，以前經常去的店現在大多改頭換面了。而且總之聲音很吵。

這種感覺也許因爲我老了吧？我想。這些負面因素，如果是以前的話，可能會一一吸引我的心。也很懷念在廚房桌上，半夜一面喝著啤酒一面寫小說的時代。不過一切都已經成爲過去，再也回不來了。

前幾天半夜裡在附近散步，往新宿方向看時，只有街道上空簡直像火災或什麼那樣光輝燦爛地照耀著。霓虹燈和街燈反射輝映到雲端。看著這光景時，忽然想到：「那金色的雲底下，現在到底正在進行著什麼呢？」

到底正在進行著什麼呢？

13日佛滅

從前，有一段時期很迷占卜算命。當然雖說迷也只是當興趣在玩，不過也會半夜一股勁地集中精神、陷入輕微恍惚的狀態，這種時候算很多事情都很準，準到連自己都嚇一跳的地步。例如幫一個女生算的時候，可以輕易地朗朗說出她男友的年齡、出身地和有幾個兄弟等。

不過，這做完一次之後就會累得筋疲力盡，因爲是以朋友爲對象做的，自然不能收謝禮，所以不久就停了。

這種事情是不是該視爲超自然能力，意見各有不同。不過我現在認爲可能應該算是一種類似「第六感」的東西。不一定要占卜，其實只要多加注意地接觸人，就可以從對方的動作、語氣、或一點氣氛推測很多事情，如果營造出恍惚的狀態的話，那種「第六感」就會研磨得更透徹，讓那領域更擴大開來。

所謂「恍惚狀態」或許有點狂妄，不過在寫長篇小說的時候常常會忽然心神飛離，變成類似那樣的狀態。也就是所謂"writing high"，這並不是超自然現象，只是單純「第六感」的擴大而已。進入這種狀態時，房間裡的菸灰缸和橡皮擦如果會飛起來繞圈子的話，我寫的東西可能也會產生更厲害的味道，不過不知道幸或不幸，還從來沒有發生過這種事情。

以個人來說我不接觸占卜的事。也不迷信吉凶災厄之類的東西。不是不相信，只是原則上不接觸。這很像我跟汽車的關係。雖然某種程度承認那有效性，但個人認爲沒有必要——就這麼回事。

一旦對占卜和吉凶在意起來，就會一直在意，如果開始在意一件事情時，那個領域就會逐漸擴大下去。我因爲個性上無法忍受這種負面的升高，因此就算多少有點不吉利，想做的事還是會去做，不想做的事就不做。這不是個性強弱的問題，我想是事情的想法問題。

例如我結婚的時候，算命師父說：「這又是一對很糟糕的組合。」但我一點也不在乎地結婚了。雖然婚後才弄清楚果眞是很糟糕的組合，不過心想：「唉，算了。」也就放棄地一起過了將近十五年。或許所謂果眞是很糟糕的組合，反而能巧妙地發揮互動作用也不一定。

還有我經常搬家，每次搬的時候，熱心占卜的朋友就會對我說：「不要搬。那是最壞的方位。」根據他的說法，我好像具備在最壞時期搬家到最壞方

位的特殊能力。

「現在如果搬去那裡的話，會發生很糟糕的事。有人會生病，工作會不順利，親人會死掉，會遇到火災。中曾根首相也會當選三次（這是謊話）。請再等兩個月。兩個月過去的話，一切就會順利。」那個人說。

不過我才等不了兩個月，立刻就搬了。這種事情如果讓步一次的話，以後同樣的事情還會再發生，可以眼看著從兩個月變半年、變一年。這種事如果輸一次的話，最後就會永遠輸下去。所以就以「啊，沒關係。怎麼樣都無所謂」的恣態堂堂往前衝。只要有這種積極姿態，就一定不會輸給什麼運氣。後來朋友也放棄，對我搬家一概不過問了。

這種性格從以前就一直這樣，所以高中的時候，我把母親到神社買來（或者應該說領來）保佑我考上大學的驅魔箭，折成兩半丟掉。我想試試看這樣做到底會有什麼結果。而且也想過如果折斷一根驅魔箭就會考不上大學的話，也不必去讀什麼大學了。怎麼說呢？一種自暴自棄的實證精神。以結果來說，我沒有考上國立大學，卻考上兩所私立大學，算是「勉強扯平」。父母嘀咕著：「私立學費太貴了。」這點雖然也覺得很抱歉，不過以實際問題來說，我不記得有因爲沒上國立大學，後來帶來什麼不利的事情過。或許有，只是我完全沒注意到。

要相不相信算命，要相不相信吉凶，是個人的喜好問題，別人不能多說什麼，不過我個人喜歡敢挑佛滅日舉行結婚典禮的那種人。「管他佛滅也好、什麼也好，我倆情投意合，」有這樣信念的話，到哪裡應該都會順利——我這樣覺得，不過不負責任。

日記這東西

說到日記，從新年開始記，似乎已經成爲慣例了，我推測從這次新年開始想：「好吧，今年一定要努力，」這樣充滿意氣開始寫的人一定爲數很多。

不過好像澆冷水似的很抱歉，以我的經驗來說，從新年開始寫的日記一定不會持久。還不如六月十三日忽然想到開始寫的日記，反而意外地能長久持續。爲什麼會這樣我也不清楚。或許從新年開始想寫日記的人，心情上有依賴「新年」這種節慶的輕易感，因此不順利也不一定。

我大體上屬於筆不精的人，大學畢業後到二十九歲開始寫小說爲止，幾乎沒有寫過什麼文章，只有日記，想到的時候就斷斷續續地寫著。寫半個月休息四個月，寫三個月休息兩個月，這樣的步調斷斷續續持續到現在。

其實我寫的正確說不是「日記」，而是「日誌」。早晨幾點起床、天氣、吃了什麼、跟誰見面、做了多少工作，只記錄這些事實而已，完全沒有寫其他的事情。完全沒有寫心理描寫或創作筆記或社會事件省察之類的事情。所以一定沒有死後日記被發現和出版的可能性。

因爲像：

早晨6時起床・晴・跑步一小時
早餐→星鰻茶泡飯
上午・小說7頁
蘿蔔泥蕎麥麵←午餐
下午・小說4頁、《週刊朝日》H來電（三時）
晚餐→蝦可樂餅、蔬菜沙拉、兩罐啤酒
晚上十時就寢・和平的一天

這樣的記述拖拖拉拉記下去的和平而無聊的日誌，想必誰都不會有興趣看。

當然我也很想寫像這樣：

十二月十六日（晴）

午餐‧被招待到三浦百惠小姐府上，她請我吃她親手作的炸蝦飯。

下午‧獄中的三浦和義打電話來。

晚餐‧在「吉兆」和藥師丸博子共進晚餐，然後兩人到西麻布喝酒。

回家寫二百五十頁稿子。

講談社通知匯入版稅二億六千五百萬圓。

這樣的日記能記一天也好，不過這種事情絕對不可能。小說家的一天眞的既平凡又無聊。一面悄悄寫著這種稿子，一面用嬌生棉花棒清潔耳朵之間，一天就滑溜溜地溜走了。

我寫這記述所用的是"LIFE"文具廠商出的「業務日誌」，這種名稱極直截了當的筆記簿。既簡單又牢固，完全缺乏所謂情緒性的東西，沒有那種「眞像日記簿」的黏呼呼感覺，完全和我的使用目的吻合。腰帶上印著「顯示業務管理的重要任務，必然提升營業成績。可早期發現過去的缺點」等廣告文字。整體文意有點難懂的傾向，不過令人感覺可能有效。尤其看到「可早期發現過去的缺點」這樣的句子時，我的心就不禁開始癢起來。

確實看了以前的日記時，常常可以發現過去的缺點。

例如：

××年十月八日（晴）

和M子吃飯，喝一點酒後送她到家。

讀了這樣的記述，想起當時的情景，會反省「當時，如果想做的話是可以做的，嗯。」不過這種「過去的缺點」事到如今就算發現了，也實在不能算「早期發現」。只能說是損失一次，或怎麼說呢，只有遺憾而已。不太會有什麼效用。

我太太每天用綠色墨水密密麻麻地寫比我的「日誌」濃密五倍左右的日記。我想這是相當費事的作業，不過她這幾年來一天也不缺地繼續寫著。

「每天像這樣詳細記錄的話，訴訟的時候可能有用吧。」她向我說明寫日記的理由。

「訴訟？什麼訴訟？什麼的訴訟？」我問——非常當然的問題。

「我並沒有說什麼的訴訟，不過這種事說不定會有吧。」她回答。

有時候家庭這東西也顯得非常超現實。

寫完這稿子之後，大阪一家叫MARNI的文具廠商寄給我以記述爲目的「非情緒性・紀錄性」的獨特日記簿。聲明如果使用得當，一本可以用二十年，考慮相當周到所製作的。總之「非情緒性」的地方很不錯吧。

興趣是戒菸

很久以前讀的小說，細節是不是這樣不太有自信，史帝芬・金的短篇小說有一篇〈戒菸公司〉（我想是）。就像篇名一樣，是負責戒菸的公司。想戒菸，可是對自己的意志力不太有自信的人，向這家公司申請的話，公司的人會負責讓你戒菸成功。不過並不是任何人都可以隨便申請的。公司是嚴格的祕密組織，宣傳只靠口耳相傳，收費也高得驚人。不過戒菸成功率毫不誇張眞是百分之百。

有一個男人聽到這件事，半信半疑地向這家公司申請戒菸。但過幾天後還是忍無可忍，於是伸手拿起一根菸，點上火。然而等著他的命運是……這樣有點可怕的故事，不過如果說到最後就會失去讀小說的樂趣，因此雖然遺憾，結尾卻容我賣個關子。

不過總之，這件事的教訓我想是「戒菸只能靠自己的力量完成」。因爲貪圖輕鬆會掉進陷阱。

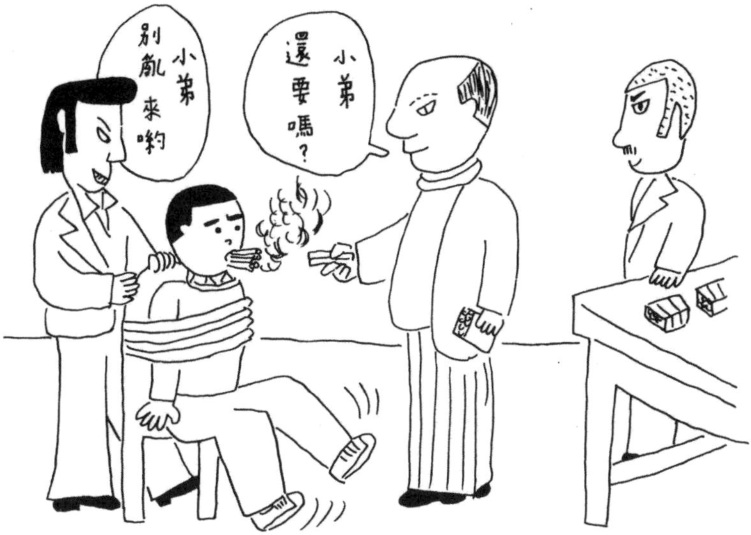

說到我個人的情況，我對戒菸相當有自信。從前一天抽過五、六十根，算是個抽很凶的人，有一天啪一下就戒掉，從此以後專心寫長篇小說的幾個月有抽，寫完後就戒，以這樣的循環繼續著。所以只要想戒的話，不用向「戒菸公司」申請也能戒。

我想戒菸成功與否好像和意志力沒有多大關係。當然如果完全沒有意志力，是不可能戒菸的，不過最重要的是know-how。如果知道「怎麼做可以有效戒菸」的話，戒菸這種事某種程度是可以有系統完成的合理事情。我常常看到在家裡到處貼滿寫著「戒菸」的貼紙，或把打火機和菸灰缸丟到河裡的人，這種事表面上看來很有氣魄，卻不太有效。

戒菸的know-how雖然每個人各有不同，不過以我的情況可以整理出以下三個要點。

(1)開始戒菸後三星期不工作。

(2)對別人發洩。罵髒話。有任何不滿一吐為快。

(3)愛吃什麼盡量吃。

如果能滿足這三個條件的話，我倒可以還算簡單地戒菸。

(1)不工作對我來說是戒菸的必要條件，現實上戒菸之後有一段時間實在沒辦法寫文章。字會抖，句子出不來。所以想戒菸的時候，就預先製造一個可以三星期不用寫一個字的狀況。而且在那之間就悠閒地看看電影、做做運動度過。有情人的人不妨一起去泡泡溫泉。

不過這樣預先定好計畫要戒菸時，突然接到電話說：「對不起，上次的稿子，因為版面的關係，麻煩您再多寫兩頁，」就非常傷腦筋了。因為實在寫不出什麼字來。上次要寫從此以後「それから」的字，結果寫成「ろれから」，雖然覺得「好像有一點奇怪」，不過不得不重讀五遍文章之後，才好不容易發現錯在「ろれから」。

不過上班族要在兩三週裡完全不工作，現實上可能有困難。那麼該怎麼辦好呢？我也不太清楚，不過我想不妨乾脆想開一點，在兩三星期裡把工作放手偷懶一下看看。偶爾換換心情也很好。不過結果會怎麼樣，我可不能負責。

其次⑵對別人發洩也很重要。這邊正難過地在戒著菸，所以沒有必要事事都做乖寶寶。平常說不出口的話，最好趁戒菸正焦躁時，盡量發洩出來。我每次戒菸的時候，就會被負責聯絡我的編輯說：「村上先生脫下一層面具時，個性還眞討厭啊。」人與人的交往如果沒有這點驚險刺激的話，就沒有什麼趣味了。

⑶關於吃，如果戒菸的話，肚子一定會餓。肚子餓了自然要吃。又要戒菸又要節食減肥是不可能的。如果不喜歡變胖的話，只能等戒菸告一段落之後，再一次集中減肥。

我想很多人戒菸失敗的最大原因在於「一切都要一次解決掉」這樣的性急、過分自信。如果沒有認清自己只是個擁有極有限能力的可憐人的話，戒菸是不會成功的。總之，自己實在沒辦法事事都順利辦到，想達成什麼的話，只能放棄別的什麼，要有這種認知。

戒菸這種事情，開始這樣深入想起來時也很有趣，可能忍不住就會去試好幾次了。

在國外要搭飛機時，被問到：「要吸菸席，還是非吸菸席？」時，回答"Cancer seat, please"偶爾會被接受。隨便怎麼樣都可以的樣子。

評論的品味法

這不必一一說明，任何職業都有該職業固有的規則。例如銀行員不可以算錯錢，律師不可以隨便在酒店洩漏人家的祕密，風塵界的人看到客人的陰莖不可以隨便笑。壽司店的師父擦指甲油令人受不了，編輯的文章比小說家高明太多也有點讓人傷腦筋。

不過除了這些基本規則之外，每個人對於他所從事的職業都擁有各自的信條。有人擁有很多信條，也有人幾乎沒有。我還滿喜歡觀察人的，看過很多，覺得世上真是有各種人。有人固執地堅守我完全無法理解的信條，有人則以大概的做法隨便處理事情——這也沒什麼關係——可是不順利時卻恨別人，也有人信條很少卻很會吹牛。不過這種事就像我一開始就說過的那樣，是隨個人自己衡量的事，很難說哪個好哪個不好。

我在寫文章時也有幾個個人信條。並沒有誰教過我，只是極自然地在最初階段就學會的。不如說，我開始寫文章的年齡算比較遲，因此過去所經驗過的各種職業所學到的知識就那樣原封不動地應用到文字工作上了。剛開始只打算湊合著用，但因爲感覺實在太吻合自己了，所以就一直用到現在。

我這種個人信條要一一寫出來太長了，我想沒什麼意義。而且可能讀起來也很無趣。

不過我只舉一個例子。那就是「作家不可以批評評論」。至少不可以批評個別的評論或評論家。這種事情做了也沒有意義，只會捲進無謂的麻煩，只有自取其辱而已。我一直這樣想著活過來的，因此巧妙地躲過了許多自我折磨的機會。杜斯妥也夫斯基暗示說這個世間有各種內在的地獄存在，我確信作家批評某評論或某評論家的狀況也是那地獄之一吧。

作家寫小說——這是工作。評論家針對這個寫評論——這也是工作。然後一天結束了。站在各自立場的人做完各自的工作回家去，和家人共進晚餐（或一個人吃飯），然後睡覺。這是所謂的世界。我就算不至於說我信賴這樣的世界成立方式，卻接受這是個前提條件，至少心想吹毛求疵也沒有用。所以與其吹毛求疵不如努力早點回家去吃飯，早點鑽進棉被去睡覺。雖然不是郝思嘉，不過天亮後明天就會來臨，明天還有明天的工作在等著做呢。

我是一個不讀關於自己評論的人，雖然如此偶爾心血來潮時也會讀一下，

覺得：「沒這回事吧。」有的是事實的誤認，有的是明顯想錯了，有些則是露骨的個人攻擊，有些是顯然沒有把書讀完就寫的莫名其妙的批評。

不過就算考慮過這所有種種情況之後，我還是認爲作家去批評評論，或對那做某種解釋都是不適宜的。惡劣的評論就像堆滿馬糞的巨大小屋一樣。我們走在路上時，如果看見那樣的小屋，趕快走過去才是最好的對策。不該懷有「爲什麼這麼臭」的疑問。馬糞本來就是臭的，如果去打開小屋的窗戶就更臭了，這是顯而易見的事情。

前幾天整理搬家行李時，紙箱裡出現很多關於我的舊評論剪報。大約是我五、六年前剛出道時的東西，我太太很勤快地幫我剪下來保管著。我一面佩服她的熱心，一面開始啪啦啪啦地讀起來，還滿有趣的，終於全部讀完。這和讚美或不讚美無關，其中有一些是「原來如此，是這樣啊」讓我認同的，也有一些胡說八道讓人忍不住笑出來的。不過已經是五、六年前的陳年往事了，不管怎麼樣都已經失去新鮮感，所以能夠以淡淡的暖暖的心情來讀這評論。這種和評論的接觸方式也相當快樂。我想關於現在我寫的小說，人家是如何評論的，等五年以後再來慢慢熟讀玩味吧。殷切盼望。

再談山口下田丸，還有安西水丸

前幾次這專欄寫過山口下田丸和山口昌弘的種種之後，過幾天山口君又來找我，放下十尾附有冰塊的香魚。

「這是什麼？」我問。「嗯，嘿嘿嘿，沒有啦，是我下田的老媽寄來，說要送村上先生的。那個，說是請您偶爾也寫一點好事。因爲是鄉下人嘛。」這麼回事。

就這樣香魚的好意就收下了，用鹽燒、用雜炊、用油炸的吃了。非常美味的香魚。在東京至少就買不到美味香魚，所以很貴重。但就是很想寫別人的壞話啊。

不過試想一下，我已經在隨筆中寫過三次山口昌弘＝下田丸的事了，但好像沒寫過一次好事。只寫過「頭腦不好」、「不靈巧」、「沒用處」、「不受女孩子歡迎」，全寫這些壞事。並不是因爲收到香魚所以就隨便反省一下，不過我覺得對山口和對山口的父母親都過意不去。我寫過有關山口的種種壞話中有四分之一左右是開玩笑的——這樣說大概也還說不過去吧。

前幾天我走在表參道時剛好碰到安西水丸（水丸兄這個人嘴巴雖說很忙很忙，可是我每次都看到他在那一帶閒晃），於是我問他：「嘿，上次的稿子我是不是寫太多山口君的壞話了？」他說：「不會呀，就是那樣嘛。真的就是那樣。沒關係啦。」所以我也就心安理得了，不過還是想偶爾幫山口寫一點好話。

山口下田丸以前曾經送過我和我太太T恤和唱片。換句話說是個親切的男人。T恤上畫了一個白色橢圓形的物體，一看就知道是安西水丸的筆觸絕對不會錯。

「這是什麼啊？」我問。「咦，真討厭，你不知道這個嗎？」山口好像很驚訝地說。

「這個啊，是我做《徵人Times》『想變成金蛋』的電視廣告，那次拍片用的T恤。你知道吧？『想變成金蛋』的廣告？」

「不知道啊，我沒看電視。」

「是嗎？這麼說來，以前也說過。上次提到『如果是人就好了』那支廣告時你也說過。眞沒轍。你不看電視啊？那你也不知道那主題曲囉？」

「不知道。」

「我有唱片，你要聽嗎？」

「不想聽，那種東西。」

「別這樣說嘛，是我寫的歌詞呢，嗯，嘿嘿嘿，就請聽一下嘛。」

說著山口留下唱片就回去了。印在唱片封套上的山口所寫的歌詞實在太糟糕了，所以唱片一次也沒聽。然後過幾天提到這件事，山口非常消沉的樣子。

「可是，你知道，這個世界上會老實說出感想的人沒幾個啊。」

「嗯，啊……是這樣沒錯，但……」

山口無力地回答。

啊，又開始說壞話了，不過山口下田丸＝昌弘是個相當親切的男人。

後來我和我太太就穿著這件「金蛋」[1]T恤去美國。在美國穿著「金蛋」T恤時，美國人問起：「這是什麼畫？」我說：「嗯，是golden egg。」對方很驚訝地說：「哦，這看起來不像蛋嘛。」不過這與其說是山口的責任，不如說是安西水丸的責任。安西水丸氏的畫所熱烈追求的Post Modern Realism（後現代寫實主義）在落後國家的美國還沒有被正確理解。不朽的名作《普通人》要進入紐約現代美術館似乎也還要稍等一段時間。

不過世間對於安西水丸的畫擁有兩種對立的意見。一種說法是「水丸的畫猛一看很單純，但那其實是花了很長時間畫的。」另一種說法是「不可能花什麼時間吧。」我也很想知道眞相，因此年底和水丸兄碰頭商談工作一起吃飯，「嘿，水丸兄，請你幫我畫個賀年片好嗎？」我從口袋拿出兩張明信片和筆來交給水丸兄。水丸兄說：「哦，好啊。」說著就把明信片和筆放在旁邊，就那樣小口小口地喝著酒，偶爾夾個山椒魚肝吃，再送一塊河豚到嘴裡，東扯西扯地閒聊一番。

他忽然把酒杯放到桌上，拿起筆和明信片是在大約三十分鐘以後的事。結果他畫那兩張畫大約只花了十五秒鐘而已，問題是在到達那十五秒以前的三十分鐘時間。對安西水丸來說，那三十分鐘時間到底是什麼呢？可能性有：

(1) 一面吃著山椒魚肝一面一直在構想著。

(2) 突然被拜託，很害羞，因此難爲情了三十分鐘。

(3) 畫太快的話人家就不會感謝了，所以只好裝模作樣一番。

這三種想法，嗯，到底是哪一種呢？

譯注：

1. 日文中，「金蛋」和「睪丸」同音。

有點奇怪的一天

前幾天突然很想讀狄更斯的《塊肉餘生記》，於是到某大書店去找看看，然而怎麼都找不到。沒辦法就去問詢問台的年輕女店員：「對不起，我想找狄更斯的《塊肉餘生記》。」竟然被她反問：「請問這是什麼領域的書？」

於是我不禁說：

「嗯？」

對方也同樣說：

「嗯？」

「就是，那個狄更斯的《塊肉餘生記》呀。」

「所以請問那是什麼種類的書啊？」

「嗯，也就是小說。」

有這麼一段對話，結果她說那麼請到小說的櫃檯去問看看。一瞬間愕然：

「書店的詢問台竟然不知道狄更斯啊。」不過最近的年輕人都不讀狄更斯了，

好奇怪的客人，居然問洋食便當裡放什麼
大概對阿美有意思吧

所以這也是當然的吧。世界在我們不知不覺之間已經在相當大膽地改變中。

我很想請那位女店員喝個茶，仔細追問她：「那麼，妳可知道夏綠蒂．勃朗特嗎？妳知道普希金嗎？妳知道史坦貝克嗎？」不過對方很忙，我也絕不空閒，因此雖然遺憾也只好放棄念頭。

走出書店辦完事肚子餓了，於是走進忽然看見的一間雅致西餐廳去，喝了啤酒，決定提早吃晚餐。我每天固定大約五點左右吃晚餐，因此很幸運經常都可以在很空的餐廳進餐，心情相當愉快。既不嘈雜，又可以慢慢選菜。

菜單上有「洋食便當」二千五百圓，於是我問女服務生：「嗯，這個裡面放什麼東西？」

「有各種東西。」她以斷然的口氣說。

「那，我知道既然說是便當當然是有各種東西，但例如放了什麼東西呢？」

「就是，各種西洋東西。」

就這樣，好像會走進「山羊通信」[1]的迷魂陣去似的，我放棄了洋食便當，改點別種單品西餐。我並不是對她生氣，但便當裡放了什麼東西，我想總可以告訴我一兩種吧。我又不是要用那當藉口做什麼不講理的事。

用完餐在街上閒逛時，正好經過百貨公司前面，於是走進去想找綾織毛料上衣。不久前才被編輯木下陽子小姐（假名）說：「村上先生，你每次都老穿牛仔褲運動鞋，到底錢都花在什麼上面呢？」因爲有喜歡的上衣但又覺得：「尺寸好像小了一點」，於是伸手試著穿過袖子時，女店員就像一陣風似的跑過來，「先生，這件尺寸太小了。這件眞的不行。」好像吐出來似地說。

於是我說：「嗯，好像是這樣。如果有大一點的話……」我才正想這樣說，已經看不見她的影子了。我就那樣暫時站在那裡等她回來，但她好像不會再回來的樣子，便放棄了回家去。眞是莫名其妙的一天。既覺得人家沒有適當對待我，相反的也覺得自己沒有適當對待人家。無法判斷到底是怎麼樣。

書店的女孩子或許回到家在餐桌上說：「媽媽，今天有一個討厭的客人，說了莫名其妙的書名，我說不知道，他就露骨地把我當傻瓜，眞氣人。」

餐廳的女服務生或許正在對廚師抱怨：「哼，菜單上既然有洋食便當，就乖乖點了吃才像個樣子嘛。」

百貨公司的女店員或許正在想：「連自己的上衣尺寸都搞不清楚，還好意思試穿，眞懶得理這種土包子。」

試著這樣一想，開始覺得對方的說法也都各有道理。甚至想到或許我的生活方式本身才是根本錯了也不一定。人間的事還眞難啊。

《塊肉餘生記》當時絕版了，不過平成元年二月又出版了。還有在這裡出現的木下陽子小姐（假名）就是爲「懼高症」取笑我的那一個人。

譯注：

1. 一首日本童謠，內容是：白山羊寫了一封信給黑山羊，黑山羊沒看就把信吃掉了。黑山羊又寫信問白山羊信裡寫什麼，白山羊還沒看就把信吃掉了。於是白山羊又寫信問黑山羊……一直循環下去。

雜誌賞玩法

和出版相關業界的人見面談話時，常常會被問到：「村上先生覺得現在什麼雜誌讀起來最有趣？」現在的雜誌戰爭非常激烈，所以製作方面的人可能也必須相當認眞地作狀況分析，否則實在無法生存下去吧？

不過這樣問我，因爲我也不是雜誌的忠實讀者，只是偶爾心血來潮時伸手拿起來啪啦啪啦翻一翻的程度，因此實在無法判斷什麼雜誌現在最有趣，什麼雜誌最尖銳。而且主要是這麼多大體相似的雜誌一排排大量堆積在書店店頭的現在，我連選擇對象本身的實態都不太能正確掌握了。到底有誰能區別下午四點半的陰暗和下午四點三十五分的陰暗呢？別人或許稱那爲差異，我不知道該算幸或不幸，是生活在比這稍微模糊的基準下的，因此對這方面的區別工作不太感興趣。

總之說得快一點，雜誌的數目實在太多了，沒辦法正確記得什麼是什麼樣的雜誌。我的朋友雖然說：「好雜誌是已經停刊的雜誌，」那種心情我非常了解，在這裡特地不提眞名，不過腦子裡也浮現幾本：「那也在幾年前就停刊了，眞可惜。」相反的，停刊的雜誌因爲再也買不到了——那是當然的——不禁會這樣想起來：「當時應該更珍惜才對的。」

例如現在已經沒有的《Happy End 通信》，我很喜歡跟他們合作，停刊了眞遺憾——當時我跟《Happy End 通信》的編輯加賀山弘先生提到這件事，他歪著嘴唇諷刺地說：「大家都這麼說，不過已經沒有了才來同情，也不能怎麼樣了。」當然以主辦的一方來說，應該是正確的。

還有，這要讓加賀山弘表達感想的話，他可能也會當成「事後的同情論」變形之一，不過我以寫的一方，感覺工作還算容易的雜誌卻經常會倒掉。這本《Happy End 通信》也幾乎在等於無稿費下做了很多工作，中央公論社出的《海》對我這個突然冒出來的新人，也讓我隨心所欲地翻譯費滋傑羅、和瑞蒙·卡佛的作品。其次還有文化出版局出的*TODAY*雜誌，我也很快樂地合作過。但結果全都不見了。我這個人能悠閒舒適地工作的雜誌，或許早晚都會面臨消滅的命運。新潮社的《大專欄》是不是不會再出了呢？

啪啦啪啦翻著讀的雜誌中，算起來我還比較熱心看的，首先第一不能不提《娛樂報導》，這是關西的情報雜誌。

這本雜誌只會報導關西的一圓電影、音樂會和其他各種資訊，對住在東京的人一點用處都沒有，所以當然東京的一般書店是不賣的。可是我就是特別喜歡這種「沒有用的」東西。而且試著仔細檢查這些詳細情報時，發現東京和關西的人對各種事物的迴響、共鳴（consensus）有微妙的差異，覺得相當有趣。例如關西有一家電視台一舉連續放映《浩劫餘生》系列五集、《昭和殘俠傳》三集，這樣的盛況。再怎麼說是新年，東京的電視台也不太會做這種事情。光想像關西人從大年初一早晨到晚上就坐在電視機前一面說：「喂，伊隻猴子生做未壞嘛！」「就是呀。」一面看著《浩劫餘生》系列五集，一面喝喝酒吃吃新年料理的樣子，我的頭就開始搖晃起來了。還有可以讀到中島Ramo的專欄也很開心。

除了《娛樂報導》之外，我也會挑出《廣告批評》雜誌的TV．CF介紹報導來讀。要問爲什麼讀那種東西？因爲我對TV和廣告可以說完全沒有興趣，也幾乎沒有實際看過任何CF。沒有實際看到的CF，只憑文章和速寫照片來想像是很奇怪、而且沒有用的作業。

例如這裡有「小白魚海苔」的廣告片介紹，所以摘要一下看看：

從打開的電梯走出

伊東四朗和他的部下峰登。

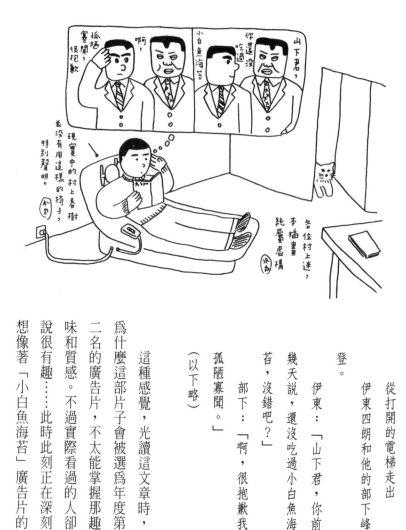

伊東：「山下君，你前幾天說，還沒吃過小白魚海苔，沒錯吧？」

部下：「啊，很抱歉我孤陋寡聞。」

（以下略）

這種感覺，光讀這文章時，爲什麼這部片子會被選爲年度第二名的廣告片，不太能掌握那趣味和質感。不過實際看過的人卻說很有趣……此時此刻正在深刻想像著「小白魚海苔」廣告片的影像中。

我想如果有人能幫我製作《TV・CM傑作選集》的錄影帶就好了。或許會很暢銷？還有《Making of小白魚海苔》的拍攝紀錄片之類的。

加賀山弘後來也辦垮了幾種雜誌。

加了蘭姆酒的咖啡和黑輪

依我個人淺見，一到冬天最美味的怎麼說還是火鍋類的東西和加了蘭姆酒的咖啡。當然我不是說把火鍋類和加了蘭姆酒的咖啡一起吃會很美味，我是說個別分開吃喝都很美味的意思。一面喝加了蘭姆酒的咖啡一面吃黑輪是不可能美味的。

我這兩年多在翻譯約翰·厄文的*Setting Free The Bears*這本非常長的小說，書中經常出現加了蘭姆酒的咖啡。這是以維也納爲舞台的小說，幾個主角經常走進街角的咖啡廳點「加了蘭姆酒的咖啡」。讀到這種描寫時，我也會非常想喝加了蘭姆酒的咖啡，但很遺憾日本的店裡不太能喝到加了蘭姆酒的美味咖啡。就算菜單上有「蘭姆咖啡」，我想點的客人也不會很多，因此令人懷疑蘭姆酒會不會放太久了。而且在日本喝蘭姆咖啡，怎麼說呢？以音樂來說就像讓你感覺就是缺了那份響亮（sonority）似的。也就是說「加了蘭姆酒的咖啡該有的」那種consensus共鳴式聲響沒辦法好好傳達過來。

比較之下——這種說法好像冷汗都要冒出來——在冬天的奧地利或德國喝的加了蘭姆酒的咖啡就非常美味。那邊畢竟比東京壓倒性的冷徹，所以穿著長大衣、戴著手套、圍著圍巾這樣全副武裝站著面對面，也會立刻變成「嗚，好冷好冷」這種感覺，想立刻跑進咖啡館去喝一杯熱熱的東西。咖啡館的玻璃窗大多因為暖氣的關係而變得白白霧霧的，從外面看起來眞的顯得很溫暖很舒服的樣子。躲進這樣的地方所點的還是「加了蘭姆酒的咖啡」最棒。以德語來說的話我想應該是"Kaffee mit Rum"，如果錯了很抱歉。

在熱熱的咖啡上再加一大朵白色鮮奶油，蘭姆酒的芳香撲鼻而來。然後奶油和咖啡和蘭姆酒的香氣渾然化爲一體，形成某種帶焦味的香氣。眞不簡單。而且確實可以暖和身體。

就這樣，我在德國和奧地利的期間，每天每天都一直光喝著加了蘭姆酒的咖啡。在攤子上吃過咖哩香腸，就走進咖啡館喝加了蘭姆酒的咖啡，這樣的模式。雖然冷得要命，卻也是很快樂的一個月。在沒有一個人影的冷透了的法蘭克福動物園裡，一面卡答卡答抖著一面喝的加了蘭姆酒的咖啡，味道更是別有風味，現在都還記得清清楚楚。

日本雖然沒有加了蘭姆酒的咖啡，不過倒有「黑輪」。雖然加了蘭姆酒的咖啡很好，不過黑輪也不錯。可以白天在維也納喝加了蘭姆酒的咖啡，晚上在東京吃黑輪，不行嗎？此時此刻正在這樣胡思亂想一番。

我這樣說很抱歉——不過話雖這麼說，這個專欄的內容本來就從頭到尾就是我一個人在說的——我太太對黑輪這種東西深惡痛絕，因此絕對不會幫我做黑輪。她深深憎恨黑輪是因為少女時代曾經因為蘿蔔和竹輪，而在電車上被惡作劇的關係——這樣說完全是騙人的（當然），只是單純的討厭而已。因此我大概每次都在外面一個人吃黑輪。

中年男人一個人在吃著黑輪的身影就算不能說很帥，也沒有多難看。二十多歲的時候一個人走進黑輪店喝酒，有一點不太自在，不過年過三十之後已經可以非常不在乎了。看完電影之後想一個人吃個飯時，我大概都到黑輪店的櫃檯坐下。如果是壽司店的話，會有一種「跟本日的材料對決」的緊迫感，但黑輪店說起來原則上並沒有什麼本日材料之類的，所以比較輕鬆，何況又便宜。要一個人一面恍惚地想事情一面喝酒，黑輪店是最好不過了。

只是我每次都會想，世上有沒有所謂黑輪的正統吃法存在呢？例如就像在壽司店從一開始就一連吃兩個鮪魚肚是不體面的一樣，一開始就連吃兩個蛋也不行，竹輪和半片之間要夾昆布是常識，高麗菜捲之後以豆腐來消除餘味是內

行人，有這些所謂「黑輪道」似的東西嗎？或者本來內行人就不可以吃高麗菜捲呢？我不太清楚。至少，我父母親就沒有教過我任何有關美味黑輪吃法之類的事。

安西水丸兄對這種事情還滿嚴格的，一起去吃過黑輪之後，可能會被他這樣數落：「村上老弟雖然經常說東道西地愛挑剔，不過吃黑輪的次序卻很雜亂，吃完蒟蒻之後居然還吃銀杏呢。」好可怕。

我最喜歡吃放了蝦芋頭的黑輪，不過在東京卻看不到這個。在江之島橋頭的路邊排了幾攤黑輪攤，湯汁放很多貝類非常鮮美。我住藤澤的時候，午餐時間常常散步到江之島去吃。

阪神間少年

我出生的地方雖然在京都，不過很快就搬到兵庫縣西宮市一個叫做夙川的地方，然後又搬到同樣兵庫縣的蘆屋市。所以要說哪裡出身的有點難說。十幾歲都在蘆屋度過，雙親的家也在這裡，所以就說是蘆屋市出身的。老實說如果能以更模糊的「阪神間出身」的說法我自己覺得更自在，不過這「阪神間」的語感除了和關西有關的人之外，可能有幾分難以理解的地方。

其實說到「蘆屋」，我所生長的和現在成爲沸騰話題的千金小姐們所流行的蘆屋並不一樣，而是「很普通的人住的地區」的蘆屋。所以有無法坦然說出「是蘆屋出身」的地方。好像覺得有一點羞恥。在我們家附近如果快被綁架時大聲叫喊的話，就會有一大堆人——就算沒有，也會有四、五個人——衝出來的極平常的住宅區。

以前我跟田園調布出身的男人提起這件事情時，他也同意我說：「就是啊，沒錯。」

「我們家啊，在田園調布的貧窮一邊，每次光提到出生、成長在田園調布，搞不太清楚狀況的人就會說：『哇，好棒啊。』眞受不了。」

據說是這樣，我想確實眞的很受不了。其實我十幾歲時雖然住在蘆屋，可是卻不記得曾經跟哪位「千金小姐」講過任何一次話。關於蘆屋現在還最記得的事，說起來是深夜經常從家裡偷跑出來到海邊去（現在已經沒有了），跟朋友喝酒燒柴火而已，不過這不一定要蘆屋，只要有海的地方，到處都可以做到。

所以我每次被問到：「請問您是哪裡出身的？」時，就回答成「神戶那邊」，於是對方多半會說：「神戶嗎？好地方噢。」這也叫人不太舒服，最近我開始回答：「兵庫縣南部」。「兵庫縣南部」的說法聽起來好像氣象報告似的很清爽，我滿喜歡的。不過光是出身地一件事都要想這麼多覺得眞麻煩。

我自己不太喜歡認識的人多的地方，因此一點都不會想回去住，不過從東京的大學畢業進入東京的公司上班，走這種途徑再結婚安定下來的阪神間出身的同伴們，最近一個接一個開始把身邊收拾起來回到關西去了。忽然轉頭看看周圍，我高中時代的朋友現在還留在東京、有聯絡的只有一個而已。

他們返鄉的理由大致說來，好像是爲了「孩子也大了，與其住在東京不如住在阪神間，環境要好多了，而且差不多已經到想住在熟悉的地方悠閒地生活的時候了。」大多的公司都有關西分公司（或總公司），因此就算離開東京，生活也不成問題。常常有這種方便或輕鬆的地方，所以我想阪神間出身的人出到東京來，也沒辦法很貪婪、很拚命地苦幹吧。當然我想可能有，只是我沒有實際看到。這或許因爲我的朋友和認識的人，大家算來都相當悠閒，不太會喝了酒胡鬧，或扯人家後腿之類的。「唉，算了吧」這樣，大多的事情就解決了。

勞倫斯・卡斯丹的電影《大寒》是一部表現六〇年代的孩子十幾年後重逢，愛恨交織的同學會影片。如果同樣的設定而以阪神間出身的孩子當主角的話，可能就不會成爲一部太愛恨交織的電影了。

「好久不見了，現在在幹什麼啊？」

「在寫小說。」

「寫小說也很累吧？」

「是啊。」

「那，好好幹吧。」

電影可能就這樣悠閒地結束了。大森一樹如果重拍《大寒》的話，或許會接近這樣的調調也不一定。

前幾天和回到蘆屋的朋友久別後在東京重逢，聽到許多阪神間的消息。

「上次我老母在報紙上刊登徵求幫傭的廣告，結果有二十五、六個人應徵，於是借了蘆屋的市民會館面談。」他說。爲了面談幫傭而借用市民會館，該說是規模浩大，還是氣宇雄大呢？總之實在不得了。

「結果我老母說一個人談太辛苦了，所以把我也拉去陪她一起談。畢竟有二十幾個人，所以說光談就很累了。」

聽他說那二十幾個人之中有看來「怎麼這樣的人也會來」的

美麗又聰明的人，據說要選出一個還非常辛苦呢。我也想在蘆屋的市民會館舉辦一次幫傭面談看看。水丸兄也想吧。

國分寺・下高井戶關係之謎

我大體上是個很快入睡的人，屬於蓋上棉被的下一個瞬間已經像石頭一般沉沉睡著的類型。立刻睡著、睡得好、到處都可以睡，這是我睡眠的三大特徵，對於難以入睡的人來說，看到像我這樣的人好像會非常不愉快的樣子。

如果我看到比我早入睡的人——這種事眞是非常非常稀罕——就會想，這傢伙是不是傻瓜。前幾天我太太的弟弟來我家玩，一起喝酒，十一點了所以說：「那麼，睡覺吧。」就各自回房，關上門的瞬間想起忘了東西，於是回到客房去看時，他已經穩穩地打著鼾，睡熟了。在那之間才不過十秒鐘而已。就算我要入睡還需要花二十秒左右。

於是我驚訝地跟太太說：「這個人是不是腦袋空空呢？」還被她當傻瓜：「你也差不多一樣噢。」過度健康的人，別人看起來確實像傻瓜一樣。

其實我並不是從以前就始終一直睡得很好的，年輕時候也曾經有過一段時期整夜到天亮都完全無法入睡。能像這樣black out式的熟睡，是從開始寫小說以後。或許本來體質就適合寫東西也不一定。或許寫的是缺乏深刻內省的小說也不一定。

話雖這麼說，我當然也有某種程度精神上的壓力。雖然沒有很多，但不是完全沒有。不得不解決的工作堆積如山，也有無法順利溝通的人，走在路上車子和交通號誌太多感到焦躁。不過我的情況，我覺得精神上的壓力和睡眠好像各自走在完全不同的路上似的。也就是說感覺：「這個是這個，那個是那個。」就像女孩子在一九六〇年代經常會說：「我當然也喜歡你，可是我希望我們還是好朋友。好嗎？」之類的話（現在也還這樣說嗎？）總之，就這樣我的睡眠和我的壓力嚴格劃開一條線。因此我可以沉沉地舒服地睡覺。

對我來說，睡覺就像充滿濃濃果汁又軟又溫暖的水果一樣。一蓋上棉被閉上眼睛想到：「讓我吃吧，」就唏哩呼嚕地吸著那睡眠的果汁，吸完後就醒來這樣的模樣。或許形容得有點奇怪，不過眞的這樣感覺，所以沒辦法。尤其關於睡眠我是相當認眞的。幾乎沒有做什麼夢，就算做了，也只能勉強記得幾個斷斷續續的片段而已。

不過自從搬到東京來以後這幾個月，開始做比以前多少清楚一點的夢了。我想從鄉下搬回離開已久的都心來，心情還是很亢奮吧。很快又要搬到鄉下去，那麼我想又會不太做夢了，因此想把最近所做的夢，在這裡記錄三個起來。

(1)「多眼貓」12月22日

我把毛茸茸又大又美麗的貓抱在膝蓋上愛撫著。我和貓都很滿足，覺得很幸福。不過撫摸著時我手指尖卻摸到什麼僵硬的東西。我想這是什麼呢？就把毛撥開一看，原來是眼睛。咦？就這樣把貓的身體翻開檢查看看，這裡也有那裡也有，全身都是眼睛。總共有三十或四十隻吧……到這裡F・O（fade-out）淡出。

（注・這跟夢或許沒關係，不過在那前一天晚上的晚餐上吃了竹筴魚乾和湯豆腐）

(2)「國分寺・下高井戶」1月8日

我想去國分寺而上了電車，窗外的風景卻好像不對，覺得好奇怪，下車一看，竟然是下高井戶……這樣而已。我雖然沒去過下高井戶，不過在夢中下高井戶是個相當安靜的好地方。

（注・這跟夢也不太有關係，前幾天在青山一丁目的「A. Lecomte」吃了

好久沒吃的冰淇淋）

(3)「腳踏車輪胎騷動」1月14日

騎著腳踏車時，發現前輪胎和後輪胎都幾乎沒氣了。心想糟了時，正好看到腳踏車店，於是借了打氣筒拼命打氣，但打了前面，後面卻漏氣，打了後面，前面又漏氣，眞傷腦筋……於是F．O。

（注．前幾天在銀座看了羅伯．布列松的《溫柔的女人》，然後到「美美卯」吃了熱燙鵪鶉蕎麥麵）

嗯，居然在一個月裡連做了

三個清楚的夢。對於不太做夢的人來說，做清楚的夢也許相當累吧。可能的話盡量不要跟這有關，我還是比較想無心地唏哩呼嚕地吸睡眠果汁。

可是爲什麼會突然出現下高井戶呢？眞是完全想不通。

離開東京之後，實際上就變得完全不做夢了。最後一次做的夢是我家的貓和長得很像指揮家卡拉揚的烏鴉格鬥的夢。我想阻止，但烏鴉太可怕了，沒辦法阻止。從此以後沒做過一次夢。

廢物時代

前幾天，我有機會跟一位剛從美國到日本來，二十二歲名叫歐文的美國青年，一面用餐一面聊天。也就是所謂的吃「英語飯」。因爲我的英語會話不太好（話雖這麼說，日語會話也不算得意），老實說吃「英語飯」我也不擅長，不過跟外國人談話時卻多少會有一件覺得「嗯」不可思議地信服的地方。

這並不是說外國人跟日本人比起來頭腦特別好，或感覺特別卓越之類的，我想是因爲外國人和日本人所表現的想法，正好稍微有點錯開的關係。換句話說，雖然說的好像是同一件事，但表現方法和觀點卻有一點點差異，連那內容都可以感到很新鮮，於是會造成「嗯」的結果。

歐文來到日本一面教英語，一面自己也學一點日語，是個相當認眞的青年。因爲一面看日本電視一面學日語單字，所以我問他：「你覺得日本的電視節目怎麼樣？」他想了一下說：「這個嘛，以笑話來看的話很有趣吧。」表情認眞地回答。

那時候我也覺得「原來如此，確實是這樣。」笑一笑就過去了，後來我逐漸開始覺得那「以笑話來看的話很有趣」的形容不僅限於電視節目，也可以適用到世間廣泛的一般狀況。發言的內容本身並沒有特別值得驚奇的地方，不過「這麼說來，確實是這樣，」因此才更叫人不可思議地信服。

從此以後我每次有機會拿起報紙時，就會很自然地把眼光轉向各種事件、狀況和名人的笑話，從這個觀點來看一圈週遭的風景時，開始覺得現在世間吵吵嚷嚷的事物有大約百分之六十五好像都可以涵蓋在「以笑話來看的話很有趣」的範圍裡。

當然我並不打算把這種「以笑話來看的話很有趣」的事物全部一一當成笑話。正如卡爾．馬克思所指出的那樣，有以嚴肅開始、以笑話結束的事情，有對當事者極認眞、但對別人卻完全只是笑話的事情。也有從認眞的深井裡汲起又冷又清澈的水，卻注入小丑的玻璃杯中的例子。

如果要舉具體例子難免得罪人——一面這樣說，結果還是舉了——就算承認衣索匹亞飢饉的嚴重程度，但*We Are The World*這首歌，以歌來說在我耳中聽來卻像一首惡質笑話似的。其次殺人事件不管是什麼樣的殺人事件，原理上都是嚴肅的，不過到現在三浦和義週邊所發生的鬧烘烘事情，幾乎已經沒有人

以嚴肅開始
以笑話結束！
本來要畫卡爾·馬克思
卻畫成卡爾·馬爾丹的鼻子
（對不起 水丸）

不把那當笑話了。

運動本身可能是嚴肅的，但日本的職業棒球某種意義上也只能說是當今的社會笑話了。

吃美味食物本身雖然是好事，不過當今的美食指南熱也應該當成一種笑話來看吧，服飾店所經營的高級（或裝高級）餐廳，很多就是像這種只能算笑話的純粹而華麗的結晶般的事情。

世界上充滿了像這樣形形色色、各種尺寸不可思議的怪事，如果我們要一一去追究這些事的本來成立過程的話——身體實在受不了——大多的事情似乎都在「以笑話來看的話很有趣」的程度看過去就算了。我不太清楚這是好事還是壞事，不過難免要想，除了這樣做之外，或許沒有其他方法可以在這「廢物（Junk）時代」有效地生存下去。也就是說只能靠自己的力量努力深入挖掘自己眞正有興趣的事，除此之外的廢物就當成笑話那樣跳過去吧。

可能今後的幾年之間，不管我們喜不喜歡，我覺得都可能會被要求以這樣的方式生存下去。具體地說，也就是水平性選擇只要輕輕的，垂直性選擇卻必須重重的，話雖這麼說，一九六〇年代已經逐漸遠去了啊。

春樹聯盟

前幾天和一位編輯見面談起來，他告訴我在中野區看到貼著奇怪的紙。紙上只寫著：「尋春樹」的文字和電話號碼。

「那是什麼呢？到底。」

「不知道是什麼。」

他也歪著頭說。

「也就是說他正在找春樹，所以請打電話給他吧……不知道是怎麼回事噢。」

「不會是在找狗吧？」

「嗯，如果是狗的話應該會寫出種類和特徵之類的。應該是人的春樹吧。」

「那是某一位特定的春樹，還是不特定的春樹呢？」

「不清楚。嗯，總之下次我看到的話會把電話號碼抄起來，您就直接聯絡怎麼樣？說不定有什麼好事呢。」

「你說好事，例如什麼樣的？」

「不，我想像不到。」

話就到此爲止，後來沒再見到他，他也還沒告訴我電話號碼。所以當然，到底中野區的誰、以什麼目的在找「春樹」，依然是個謎。

最容易的推測是，光是耳朵聽到「春樹」這名字，身體深處就會像要溶化般性慾過剩的美女在中野區，夜夜尋找著「春樹」……這樣，不過名字和性慾是不是眞的有這樣堅強的聯繫？我也不太確定。

另外一個希望性的推測是一

位有錢的老婦人的兒子在戰爭中死掉，她想把龐大遺產留給和兒子同名的男人，不過現實生活中卻一定沒有這種事情吧？除了克莉絲蒂（Agatha Christie）的世界之外，我覺得有錢的老婦人可能不會做什麼太特別的事。不如像馮內果的 *Slapstick: Or Lonesome No More!* 鬧劇）那樣，有人想尋找「春樹」擴大家族的可能性比較大。召集全國的春樹一起喝喝啤酒、唱唱歌、玩玩賓果遊戲增進友誼。不過這種聚會到底會有多快樂？我不太清楚。可能快樂無比，或無聊透頂，二者之一。

或者——想像力逐漸膨脹下去——這可能和重大犯罪有關。住在中野區的犯罪者可能讀了柯南．道爾的《紅髮聯盟》（*The Red-headed League*）而想到「春樹聯盟」，把中野區內的春樹集合到一個地方，讓他們抄寫百科辭典，打算趁那之間挖地下道偷襲銀行。犯罪的一方姑且不說，但在大樓的一室聚集中野區的幾十個「春樹」，大家認眞地抄寫百科辭典的光景，令人莞爾，相當不壞。如果就在這時候前面所述性慾過多的美女正好走進來的話，一定會天下大亂。這樣開始想起來時，中野區這地方就變得很無政府狀態了。

不過這暫且不提，如果有人知道「尋春樹」的眞相的話，請通知《週刊朝日》一聲。如果有什麼好事的話——而且如果那是可以分割的話——將會分一點給您。

繼續「有點奇怪的話題」，前幾天的情人節第二天早晨，千駄谷鳩森神社附近的路上，有幾個心型的大型巧克力被踩得稀爛。看來相當可怕的光景。「做這種事情的是男的，還是女的呢？」我太太問，我也不太清楚。如果是男的做的話很可憐，如果是女的做的話則很可怕……這樣想是偏見嗎？

當然：

(1)從女孩子收到很多巧克力的某插畫家，爲了確認對太太的愛而把巧克力全部踩爛。

也有這種可能性。

其次也可以想成：

(2)就像打破鏡餅一樣，把巧克力打破也成爲一種開張大吉的儀式。女孩子送給男孩子巧克力，如果因此使愛圓滿達成的話，那天夜晚之內兩個人要在神社附近把巧克力踩爛。然後以「後情人節」在半年後的八月十四日男孩子要送女孩子西瓜之類的。如果有這種附加行事的話也很有趣。

或者：

(3)想要把巧克力送給情人而走在路上的女孩子，卻被獅子和豹子襲擊。

這種假設也成立。

(4)說不定以爲是巧克力，一咬下去卻是心型的咖哩塊。不過繼續想這種事情的話，一天轉眼就過去了。

「尋春樹」的眞相依然是謎。但願不要發生壞事。

長跑者的啤酒

春天漸漸近了，就會無端地開始想要跑長距離賽跑，因此前幾天就去參加了所謂「明日香女兒節古代馬拉松」。出發地點在明日香村的石舞台前，可以一面一一眺望鬼之砧板、飛鳥寺和高松塚等，一面跑完四十二公里，這樣似乎相當愉快的行程。天氣不錯，很溫暖，在石舞台旁邊躺下來，一面讀著菲利普・羅斯（Philip Roth）的《解剖學講義》（The Anatomy Lesson）一面等候開始的招呼時，心情悠閒地平靜下來。春天已經到了。

這是第三次參加全程馬拉松了，上一次是一九八三年的火奴魯魯馬拉松，可以說是大約事隔兩年半的四十二公里。在火奴魯魯前一年，在雅典也跑了全程馬拉松。至於十公里、二十公里的賽跑只要能空出時間，也會一次又一次地去參加，不過跑完火奴魯魯之後想法有一點改變，暫時休息沒有參加賽跑，決心一個人悠閒地跑。

我跑了幾次馬拉松，時間都沒辦法短於三小時半，屬於「極普通」的業餘跑者，所以無法說什麼大話，也不想說什麼，如果一定要問我感想的話，著名的市民馬拉松賽跑大體上都一年比一年盛大，有些則有點過於嘈雜。日本的電視台在那裡囂張跋扈（這種形容眞的很貼切）的火奴魯魯馬拉松就算是特例好了，日本其他稍微大一點的大會，也有餘興節目、紀念T恤贈品，有同樣穿著「某某跑友會」制服的一群人舉著牌子加進來，分發煞有其事的「跑完證」，有冗長而不太有意義的開會典禮、閉會典禮，讓你覺得多餘的事情實在太多了。當然如果要說這是一種遊戲的話，我也沒話說，不過對我來說，我對這種東西開始有點厭煩起來——不過細節很像文學獎的宴會——這是讓我暫時停止參加賽跑的原因。

到目前爲止我參加的賽跑中印象最深刻的是在美國華盛頓特區跑的無名的十公里路跑。這十公里是週末早晨在Potomac河的河畔，到那地點去時，說是誰都可以當場報名參加，非常輕鬆，當然沒有權威，什麼都沒有。參加者大約五、六十人，年齡也參差不齊，大家隨便穿自己喜歡的衣服，三五成群地集合起來。到報名處交兩塊錢（我想大概是吧）參加費給坐在那裡的女孩子，她就說：「嗨，那邊的橘子汁請盡量喝。那邊的麵包捲也請不要客氣。」爲了表示交過報名費而在我手上蓋一個章，在筆記上寫了姓名地址。完全沒有編號、

標章之類的東西。「差不多可以開始了吧。好，預備……開始！」然後只要跑十公里。跑完後，告訴你：「好，幾分幾秒。」於是我們咕嘟咕嘟地喝橘子汁，啃麵包捲，和最後跑完的伯伯握握手告別。

當然並不是說火奴魯魯和青梅就不行。火奴魯魯自有快樂的地方，青梅可能的話我也想跑一次看看。不過我認爲在華盛頓特區所跑過的那種簡單而no-frills（沒有裝飾）的賽跑才是業餘跑者的根本，我想我們不可以忘記這樣的原點。至少日本各地應該完全沒有必要出現迷你火奴魯魯馬拉松。只要有確實的路線、正確的計時、得要領的給水、主辦者溫暖的週到安排，這樣就足夠稱得上是像樣的賽跑了。

可是這「明日香馬拉松」實際跑起來卻和名稱不搭配，變成相當難跑的路程。我想如果有走過飛鳥經驗的人就會知道，這一帶的地形起伏很多，剛越過一個山丘立刻下一個山丘又來了，最高的地方和最低的地方高低差有一百公尺之多。所以如果以平常都在平地跑時的感覺去跑的話，後半段腳就會開始抖起來。本來我對坡度並不太在意的，不過因爲最近都在神宮外苑和湘南自行車道這種平坦的路上練跑，所以上下坡跟不上，在過了三十五公里一帶看到斜坡就開始頭暈了，終於只得在上坡的時候用走的。實在眞遺憾。以後還要扎實地以越野賽多加鍛鍊，可能的話希望再挑戰一次這個路線看看。

不過不管紀錄怎麼樣，跑完四十二公里之後咕嘟咕嘟一口氣喝下的啤酒滋味眞應該以至高無上的幸福來表達，我想不到還有什麼比這更美味的東西了。所以最後的五公里左右我好像大多一面小聲嘀咕著：「啤酒、啤酒」，一面跑著似的。有時會感覺像這樣打心底爲了喝美味啤酒而不得不跑漫長的四十二公里路，條件實在過於嚴苛了，有時又覺得好像是非常公平的交易。

好了，繼續了一年之間的這連載專欄到這次爲止就要暫時休息了。感謝您的愛讀——就算沒那麼愛的程度。我和安西水丸一起，都希望有機會再在雜誌上和您見面。

最近忽然覺得菲利普・羅斯的小說有趣起來了，只有我這樣感覺嗎？那樣的好評好像也沒有用的樣子。

〔號外篇〕

對談・村上朝日堂

村上春樹

安西水丸

（中間人）岡綠小姐

一九八六年四月十二日・於村上宅

對談在喝著清酒「銀嶺立山」，吃著比目魚、石鯛、小鰤魚的生魚片中進行。井上的半片和眞壁的豆腐雖然微不足道但也算錦上添花。

岡綠小姐是住在久我山的神祕單身女郎。

春 嗯，今天想跟幫我們畫《村上朝日堂反擊》插畫的巨匠——安西水丸兄談談有關插畫的事。首先一開始我就有話要說，本書中有我開車、我的房間裡有高爾夫球袋和按摩機，那完全是惡作劇吧？

水 沒有，嗯哼，那不是惡意，只是，我很想把那種村上春樹絕對不會做的事畫出來。把這種絕對不可能做的事偷偷放在畫裡不是很好嗎？我想。不過，上次我問了你太太，好像很多讀者來信問到這件事是嗎？

春 好像偶爾有的樣子。問說：「眞的有用按摩機嗎？」

水 我眞的嚇了一跳。眞的會有這種事啊。

春 不過最後一次的畫（馬拉松的世界紀錄）卻是既親切又善意的畫噢。

水 那已經是最後一次了，這個，嗯。

春 嗯。

水 不過整體上來說是善意的噢。我覺得。

春 嗯，整體上當然是。不過，水丸兄的畫對男人不如對女人有善意。大體上對男人很諷刺，對女孩子比較體貼。

綠 呵呵呵……。

水 有嗎？沒這回事。啊，對了對了，也畫了在酒吧指名叫小姐的事噢。（「酒之①」）

春 啊，那個好過分。收到讀者來信說：「這跟村上先生的形象不同。」這麼說來確實有這回事。

水 確實有村上先生不會做這種事的形象啊。其實做了也沒什麼不好。

春 嗯，確實那也沒有偏離人道，或違背倫理。不過這次這本書中也有兩次的畫上出現我太太。而且好像很好意地畫的。

水 我啊，仔細想想很少見到你太太噢。所以，臉長成什麼樣子好像快要忘了……就在這時候卻碰巧遇到了。於是想起來：「村上的太太原來是這個樣子啊。」

春 上次我們在表參道的「eicoh」偶然遇到。

水 是啊，那時候想：「咦，有個人很像村上的太太，」結果眞的是你太太……原來如此。嗯，好漂亮的太太啊。

春 水丸兄眞的常常誇獎別人的太太噢。

綠 呵呵呵……

水 不過眞的很可愛呀。今天不在很可惜。（※因爲有急事外出所以我親手做了點小菜招待）

綠 水丸先生常常畫的女人，傾向很像噢，頭髮長長的、瘦瘦的。

水 以傾向來說。嗯哼。

春 這麼說起來，沒出現波浪捲髮的。

水 我不畫。那太難了。

春 只有這個原因而已嗎？

綠 哈哈哈……

水 是，我不畫難畫的東西。所以不畫腳踏車不是嗎？我，不畫機器，因爲太難了。

春 不過，以前《打工新聞》雜誌上不是幫我畫了隆美爾將軍的畫嗎？那個很難畫吧？

水 那種我喜歡，很怎麼樣？納粹的，制服什麼的。

春 你是說喜歡納粹和女人……

水 幾乎是《狂愛》（The Night Porter）啊。

綠 呵呵呵……咯咯咯。

春 請教一下，你每次畫畫是不是會不同，比方說這次要畫輕鬆點的，這次要畫比較費工夫的，會這樣嗎？

水 這些，大多是非常輕鬆地畫的。村上兄的原稿大多三次的份一起送來不是嗎？於是我也三次的一起畫。我躺在沙發上，「啊，有意思有意思」地讀著，嗯哼，「這個地方來畫一張，」這樣在影印稿上打勾做記號，一次畫完。不過如果一次交三張的話，《週刊朝日》的人可能會搞丟，所以一次交一張。呵呵。

春 其實，我這邊，也會一面預測稿子這樣寫的話，水丸兄可能會畫這樣的畫，不過這種預測不太準。

水 是啊……我也會想村上兄可能這樣想，好像可以知道……不過，村上兄的稿子非常容易畫成畫。

春 哦，是嗎？

水 有些人寫的很難畫。村上兄的情況，嗯，好像，自己就能形成畫了。可是有些人的原稿必須照著稿子配插畫不是嗎？可是，你讀了文章，腦子裡卻還無法浮現畫面。

綠 那是誰？錄音暫停，請透露一下……

水 不，那個，呵呵呵（裝傻）。

春 不過以前也跟水丸兄搭檔合作工作過幾次，週刊上的連載（《週刊朝日》）反應之大超過想像。例如那篇有沒有，搬到東京來被水丸兄和《小說現代》的宮田先生誘惑帶壞了出去玩那篇有沒有？（〈重返巴比倫〉）

㊌ 有，有。

㊐ 那篇，宮田兄後來嘀嘀咕咕地猛抱怨一番。他說那樣寫的話會吃附近人的白眼。水丸兄聽說也爲了這件事被太太罵了……。

㊌ 嗯。不但我太太在讀，我岳母也在讀噢。結果，我太太比較囉唆。她說：「你眞的在做那樣壞的事嗎？」不過，我岳母果然客氣一點，只對我說：「啊，村上先生好像搬到附近來了是嗎？」這樣……。

㊐ 哈哈哈哈……。

㊌ 這很可怕噢，眞的。

㊐ 大家都會在意噢。不過水丸兄、宮田兄在一起的話，看起來好像會做很壞的事的樣子。以情景上來說。

㊑ 呵呵呵……。

㊌ 不過，我覺得村上兄的臉並沒有特別像畫中的樣子（※安西水丸這個人是非常擅長像這樣改變話題的人），一直畫著之間，開始覺得村上兄的臉只能像那個樣子。好像這樣，連自己都漸漸開始這樣覺得了。不過感覺有出來吧？

㊦ 有出來、有出來。不如說，非常……。

㊌ 說是那個畫上的臉就是村上，變成這樣子。

㊎ 嗯，好可怕。

㊌ 把那賣出去怎麼樣？做成人形。

㊎ 嵐山人形．春樹人形之類的公仔系列。

㊌ 對對。

㊦ 哈哈哈哈……。

㊌ 村上兄的臉哪，畫得有點不高興的樣子就更妙了。很確定就是那樣子。

㊎ 你是說在鬧脾氣……。

㊌ 對對，鬧脾氣的臉。好像，板著臉不吭聲的感覺……。

㊦ 原來如此。

㊎ 哈哈哈哈哈……。

㊌ 一定是為什麼無聊事情正在賭氣吧，這——樣——，怎麼說呢？好像以自己的任性正在鬧著彆扭時……這樣有點不開心的樣子，眉毛畫得有點彎曲的話就非常像了。

㊦ 哦。

㊥不過水丸兄畫男人的臉比畫女人的臉有眞實感噢。

㊌不如說，怎麼說呢？男人你畫得有一點像的話，本人就會對你說：「很像噢。」可是，女孩子你如果不是畫得很像的話，她就會說：「我這裡不是這樣，」眞的會認眞起來。所以對畫臉的看法跟男人不一樣。所以就算有一點不像，總之畫漂亮一點，有時會有這種情況。

㊥你很體貼。

㊌是很體貼。

㊥是不是另外有什麼企圖？

㊌沒有什麼企圖。

㊋呵呵呵……。

㊥不過仔細分析的話，與其畫得眞像而被討厭，不如畫得漂亮，如果有好事就更好了……。

㊌嗯，女人就算畫得不像只要畫漂亮一點，就會想成我是這個樣子嗎？對東西的看法不一樣。（※不成答案）

㊥你還畫了哪些人的臉？

㊌嗯，還有嵐山和川本三郎……。

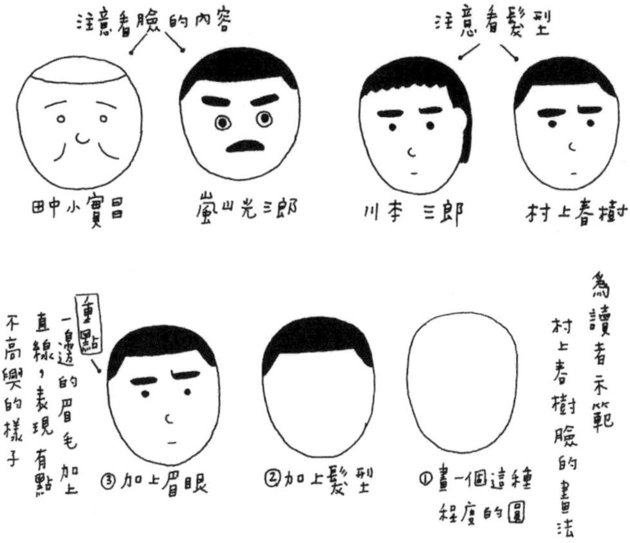
注意看臉的內容
注意看髮型
田中小實昌
嵐山光三郎
川本三郎
村上春樹
為讀者示範村上春樹臉的畫法
①畫一個這種程度的圓
②加上髮型
③加上眉眼
重點
一邊的眉毛加上直線，表現有點不高興的樣子

春 沒看過川本先生臉的畫。

水 跟村上兄沒有什麼兩樣。村上兄和川本先生的不同，在這後面的頭髮，川本先生的情況畫得多一點。他的頭髮不是長一點嗎？還有眉毛，說起來稍微往下斜一點。

春 嗯、嗯。

水 眼睛一樣，這個，這樣，黑點。

春 這麼說來有人問過我：「您跟川本先生是兄弟嗎？」

綠 哈哈哈哈……。

水 是啊，站在一起的話，會這樣感覺。

春 「文藝評論家兩兄弟。」這

樣（笑）。還有畫小實先生（田中小實昌）、山本益博等。

㊌ 嗯，益博的情況基本上也一樣，只是畫鬍子而已。我不太會畫臉，不常畫。只是我的情況是以插畫方式，讓讀文章的人，產生那種心情，換句話說就是要配合好，嗯。好像說請這樣想吧。過分的時候還標上箭頭把名字寫上去。

㊋ 哈哈哈哈……。不過這邊好像也會原諒噢，對水丸先生。

㊌ 所以嵐山這傢伙還說：「我的臉沒有那樣啊，水丸把我畫成圓圓的所以我才變成那樣的。」說是自然模仿藝術呢。

所以以前山藤先生說過：「水丸兄的人像畫，沒有詩心的人是不會了解的。」

㊊ 這是在誇獎嗎？

㊌ 嗯，是嗎？

㊋ 哈哈哈哈……。

㊌ 對了，山口下田丸說上次在原宿碰巧遇到村上兄的太太是嗎？

㊊ 嗯，聽說是這樣。

㊌ 結果，山口君說：「那個，村上兄的太太呀，當我開口招呼：『妳好，陽子小姐』時，她身體竟然往後一退呢。」這樣感嘆。

㊊ 我太太的心情可以理解，沒什麼太深的理由。

水 他說：「我，並沒有做什麼壞事啊。」如果做了，那還得了？

春 不過下田丸也順利有孩子了，眞是太好了。有了漂亮太太、有了兒子、有了惠比壽的大廈住宅……這樣幸福的人生眞値得慶幸。很想祝福他們。

水 名字叫山口耕平對吧。

春 他現在，正在做精力劑廣告的工作。於是送我樣品。

水 啊，他也送我了。

春 據說他還對水丸兄說，送給精力耗損的人。

綠 哈哈哈哈哈……。

水 不過我還是試喝了……。

綠 已經喝過了啊，眞厲害。

春 他叫我留到七十歲才喝。嗯，啊。對了，蕗菜飯差不多煮好了，所以今天就到這裡爲止。

水 我還想說更多呢。

春 留著下次再說吧。

綠 呵呵呵……。

藍小說947

村上朝日堂反擊

作者—村上春樹
繪圖—安西水丸
譯者—賴明珠
副總編輯—葉美瑤
編輯—邱淑鈴
圖說手寫字—阿尼默
美術設計—陳文德
企畫—黃千芳
校對—賴明珠、姚明珮、邱淑鈴

董事長—趙政岷
出版者—時報文化出版企業股份有限公司
108019台北市和平西路三段二四〇號一至七樓
發行專線—（〇二）二三〇六—六八四二
讀者服務專線—〇八〇〇—二三一—七〇五
（〇二）二三〇四—七一〇三
讀者服務傳真—（〇二）二三〇四—六八五八
郵撥—一九三四四七二四時報文化出版公司
信箱—10899台北華江橋郵局第九十九信箱

時報悅讀網—http://www.readingtimes.com.tw
電子郵件信箱—liter@readingtimes.com.tw
法律顧問—理律法律事務所　陳長文律師、李念祖律師
印刷—家佑實業股份有限公司
初版一刷—二〇〇七年十一月五日
初版九刷—二〇二三年十月十三日
定價—新台幣二八〇元

時報文化出版公司成立於一九七五年，
並於一九九九年股票上櫃公開發行，於二〇〇八年脫離中時集團非屬旺中，
以「尊重智慧與創意的文化事業」為信念。

MURAKAMI ASAHIDO NO GYAKUSHU By Haruki Murakami

Originally published in Japan by ASAHI SHIMBUN PUBLISHING COMPANY, Tokyo.
Chinese (in complex character only) translation rights arranged with
Haruki Murakami, Japan
through THE SAKAI AGENCY and BARDON-CHINESE MEDIA AGENCY.

ISBN 978-957-13-4745-5
Printed in Taiwan

村上朝日堂反擊 / 村上春樹著；安西水丸圖；
賴明珠譯. -- 初版. -- 臺北市：時報文化,
2007.11
面；　公分. --（藍小說；947）

ISBN 978-957-13-4745-5（平裝）

861.6　　　　　　　　　　　　96019418

編號：AI0947	書名：村上朝日堂反擊
姓名：	性別：________ 1.男　2.女
出生日期：　　年　　月　　日	e-mail：
________ 學歷：1.小學　2.國中　3.高中　4.大專　5.研究所（含以上）	
________ 職業：1.學生　2.公務（含軍警）　3.家管　4.服務　5.金融　6.製造　7.資訊　8.大眾傳播　9.自由業　10.農漁牧　11.退休　12.其他	
地址：________縣（市）________鄉鎮區________村________里________鄰________路（街）____段____巷____弄____號____樓 郵遞區號________	

（下列資料請以數字填在每題前之空格處）

______ **您從哪裡得知本書／**
1.書店　2.報紙廣告　3.報紙專欄　4.雜誌廣告　5.親友介紹
6.DM廣告傳單　7.其他 ______

______ **您希望我們為您出版哪一類的作品／**
1.長篇小說　2.中、短篇小說　3.詩　4.戲劇　5.其他 ______

您對本書的意見／
______ 內　　容／1.滿意　2.尚可　3.應改進
______ 編　　輯／1.滿意　2.尚可　3.應改進
______ 封面設計／1.滿意　2.尚可　3.應改進
______ 校　　對／1.滿意　2.尚可　3.應改進
______ 翻　　譯／1.滿意　2.尚可　3.應改進
______ 定　　價／1.偏低　2.適中　3.偏高

您的建議／

____
____
____

請沿虛線撕下後對折裝訂寄回，謝謝！

請沿虛線摺下裝訂，謝謝！

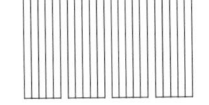

廣 告 回 信
台北郵局登記證
台北廣字第2218號

時報出版
CHINA TIMES PUBLISHING COMPANY
尊重智慧與創意的文化事業

地址：10803台北市和平西路三段240號3樓
讀者服務專線：0800-231-705・(02)2304-7103
讀者服務傳真：(02)2304-6858
郵撥：19344724 時報文化出版公司

請寄回這張服務卡（免貼郵票），您可以——
●隨時收到最新消息。
●參加專為您設計的各項回饋優惠活動。

無限馳騁藍色想像空間——無國界的小說新地帶。

藍小說

揮發感性筆觸；捕捉流行語調—湛藍的、海藍的、灰藍的……

寄回本卡，掌握藍小說系列的最新訊息

時報悅讀俱樂部入會特惠案

閱讀，心靈最美麗的角落

悅讀，分享最精采的感動

悅讀樂活卡：

自在，簡單無負擔的悅讀成長，
在快樂的氛圍中綻放。
任選5本好書只要1,000元，
以書妝點生活的樂趣。

悅讀輕鬆卡：

閱讀，讓生活充滿質感，
隨處都是心靈的桃花源。
任選10本好書只要2,000元，
輕鬆徜徉在書的世界裡。

悅讀VIP卡：

分享，豐富閱讀的多元深度，
用最幸福的方式悅讀。
任選30本好書只要6,000元，
全家一起以悅讀迎向未來。

最新入會方式，歡迎上網查詢，時報悅讀俱樂部網站：www.readingtimes.com.tw/club

●特別說明：此會員卡為虛擬卡片，不影響會員權益，入會後將不另寄發會員卡。

入會訂購證

我決定加入時報悅讀俱樂部				以下是我選擇的卡別，選書書目於下列選書單中
勾選	入會卡別	定價	入會費	贈品
	悅讀樂活卡(C005-002)	$1,000	$300	任選5本時報出版好書(定價600元以下本版書籍)
	悅讀輕鬆卡(C005-004)	$2,000	$300	任選10本時報出版好書(定價600元以下本版書籍)
	悅讀VIP卡(C005-007)	$6,000	$300	任選30本時報出版好書(定價600元以下本版書籍)

特別說明：
1、外版書不列入選書範圍。2、單筆訂單須選書兩本額度以上。3、一次會員資格內，相同書籍限選兩冊。

□ 我是俱樂部會員，以下是我的選書單

書碼	書名	額度	數量

◎ 我的資料

姓名：________________ E-mail ：________________(必填)

身分證字號：________________(必填) 生日：西元______年____月____日 (必填)

寄書地址：□□□________________________________

____

連絡電話：(O)________________ (H)________________

手機：________________ 統一編號：________________

付款方式：

□劃撥付款　劃撥帳號19344724 戶名：時報文化出版公司

(請親至郵局劃撥，無須傳真或寄回，劃撥單註明卡別、身分證字號、生日、e-mail、書名、數量)

□信用卡付款　信用卡別 □VISA □MASTER □JCB □聯合信用卡

信用卡卡號：________________有效期限西元 ________年________月

持卡人簽名：________________________（須與信用卡簽名同字樣）

◎ 歡迎網路下單 Readingtimes Club 時報悅讀俱樂部 http://www.readingtimes.com.tw/club/

24小時傳真專線：02-2304-6858 為確保您的權益，傳真後請來電確認

時報客服專線：02-2304-7103 週一至週五(AM9：00~12：00，PM1：30~5：00)

時報出版 台北市和平西路三段240號2樓